KB137561

걷는 것을 멈추지만 않는다면

이혜림

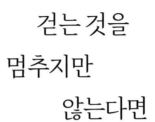

걷는 것을
멈추지만
않는다면

산티아고 길 위에서의 46일

이혜림 지음

하늘링북스

일러두기

1. 이 책에 기록된 순례의 여정은 2019년 4월 21일부터 6월 5일까지 총 46일간 진행되었습니다.
2. 이 책에 등장하는 한국인의 이름은 전부 가명을 사용하였습니다.

Contents

Part 2

내　　　　　　보면
　　　　걷다
걸음대로

산티아고 순례길

Routes of
Santiago de Compostela

산티아고
데 콤포스텔라

오 페드로우소

아르수아

팔라스 데 레이

포르토마린

사리아

트리아가스텔라

라 라구나 데 카스티야

트리아카스텔로

폰페라다

몰리나세카

비야프랑카

아스토르가

오스피탈 데 오르비고

발데 비아자라요

만시야 데 라스 물라스

레온

사아군

베르시아노스 델 레알 카미노

PORTUGAL

FRANCE

생장피에드포르

오리손

리바수

론세스바예스

부르게테

에스테야

팜플로나

푸엔테 라 레이나

비야마요르 데 몬하르딘

로스 아르코스

산솔

나바레테

로그로뇨

나헤라

산토 도밍고 데 라 칼사다

벨로라도

아헤스

비야프랑카 몬테스 데 오카

부르고스

카스트로헤리스

오르니오스 델 카미노

포블라시온 데 캄포스

카리온 데 로스 콘데스

칼사디아 데 라 쿠에사

SPAIN

Prologue

그래, 가자!

까짓 거, 산티아고!

결혼한 지 몇 개월 지나지 않은 어느 날, 나는 불현듯 그동안 머나먼 꿈으로만 간직하고 있던 세계여행을 지금 떠나보면 어떨까 하는 생각을 했다. 특별한 계기나 이유가 있었던 건 아니었다. 그저 한 살이라도 더 젊을 때 다녀온다면 한국에 돌아와 다시 무언가를 시작하기도 좋을 것 같았다. 고민 끝에 남편에게 세계여행을 떠나자고 말을 꺼냈을 때, 그는 내 제안을 장난으로 받아들였다. 두 번째로 꺼냈을 땐 말도 안 되는 일이라고 했고, 세 번째로 꺼냈을 때는 생각할 시간이 필요하다고 했다. 그렇게 몇 개월이 흐르고 생각 정리가 끝났다는 남편은 함께 세계여행을 떠나보자고 했다. 그리고 제일 먼저 가보고 싶은 데가 있다는 말도 덧붙였다. 어디인지 묻자, 남편은 설레는 표정으로 답했다.

"산티아고 순례길."

처음 듣는 곳이었다. 찾아 보니 산티아고 성당과 그곳을 향해 걷는 순례의 의미는 차치하고 내 눈에 순례길은 여기저기가 아프고 물집이 터져도 계속 걷는, 흡사 800km짜리 극기훈련 같아 보였다. 나는 그 자리에서 단호하게 거절했다. 그리고 무슨 일이 있어도 순례길을 가자는 남편의 제안만은 반드시 거절해야겠다고 마음먹었다.

나는 세상에서 걷는 것을 가장 싫어하는 사람이었다. 체력도 정신력도 약하고, 땀을 흘리거나 몸이 힘든 건 모두 꺼려해서 평소 하는 운동이라고는 숨쉬기가 전부였다. 그런 내가 고행의 길이라는 산티아고 순례길을 순전히 내 의지로 가겠다는 생각을 할 리는 결코 없었다. 그러나 언제나 그렇듯 인생은 순전히 내 생각대로 흘러가지만은 않는다. 세계여행을 가고 싶다는 내 꿈을 위해 안정적인 직장도 그만두겠다고 결심한 남편. 그런 남편의 인생 버킷 리스트로 꼭 가고 싶다는 산티아고 순례길을 나는 차마 끝까지 거절하지 못했다. 걷는 것, 힘든 것, 땀 흘리는 것을 모두 감수하겠다는 결심을 할 만큼, 나는 남편에게 좋은 아내가 되고 싶었다. 가지 말아야 할 이유는 차고 넘쳤지만, 내가 가야 할 이유는 딱 하나였다. 남편이 가고 싶어 하니까.

나를 위해서가 아닌, 남편을 위해 걷는 길. 800km쯤이야 하루 20km씩 걸으면 40일이면 끝나니까, 40일 딱 참고 걸어보지 뭐. 하루 2km씩도 안 걸어본 여자가 결국 이렇게 외치게 됐다.

"그래, 가자! 까짓 거, 산티아고!"

몇 번이고 울음을 터트리며 걸어갔던 나의 찌질한 순례길은 그렇게 시작되었다.

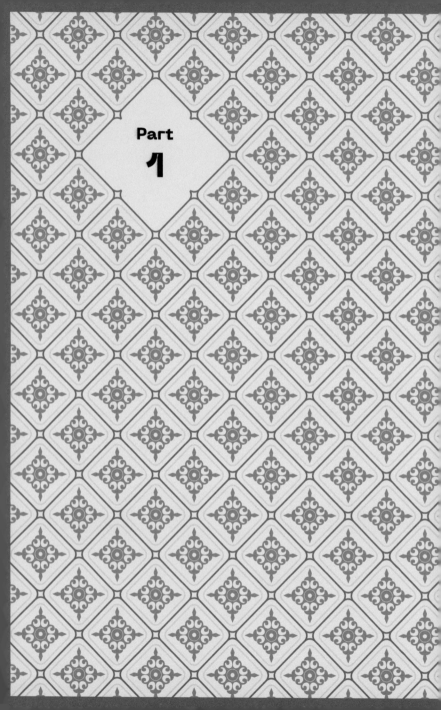

Part

1

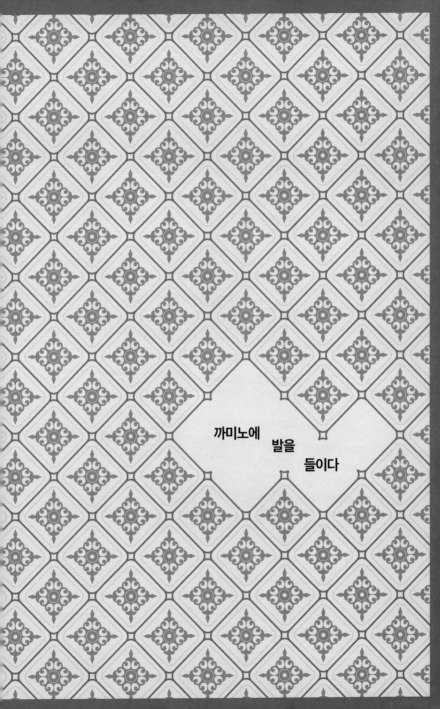

까미노에 발을 들이다

노란 화살표를 따라가기만 하면 돼

산티아고 순례길의 시작점은 생장피에드포르라는 프랑스의 작은 마을. 생장은 파리에서 꽤 멀어서 바욘이라는 도시에서 한번 환승해야 한다. 우리 부부는 장거리 비행으로 쌓인 피로를 풀 겸, 대부분 스치듯 지나간다는 환승지 바욘에서 며칠 쉬어가기로 했다. 조금은 따분할 법한 지방 소도시에서 마침 지역의 명물인 햄 축제가 개최되어 눈과 입이 호강하는 휴식기를 보낼 수 있었다.

드디어 순례길 여정을 시작하는 날 아침. 바욘에서 생장까지 가는 아주 작고 귀여운 기차를 탔다. 배낭 하나씩 메고 작은 기차 안에 촘촘히 앉아있는 다양한 국적의 사람들. 모두 한껏 들떠있는 분위기에 나까지 덩달아 신이 났다.

배낭과 짐을 추스르고 우르르 내리는 사람들을 따라 우리 부부도 서둘러 내렸다. 생장 기차역 앞은 마치 광활한 공터같았다. 아무것도 없었다. 역에서 내리기만 하면 바로 앞에 산티아고 순례길 사무소나 적어도 안내 데스크 정도는 있을 줄 알았는데, 당황스러웠다. 이럴 땐 듬직한 남편을 찾으면 된다.

"남편, 이제 우리 어디로 가면 돼?"
"음, 글쎄. 사실 나도 잘 모르겠어."

'너만 믿는다'는 얼굴을 하고 남편을 올려다보니, 남편은 아무것도 모르겠다는 표정으로 해맑게 답했다. 이 여정은 온전히 남편의 버킷 리스트 때문에 시작되었고, 그래서 나는 남편이 알아서 준비할 줄 알고 손을 놓고 있었는데… 그동안 수많은 여행을 다녔지만 이렇게 머릿속이 온통 물음표로 가득해지는 여행지는 처음이었다. 나의 여행에는 언제나 목표와 계획이 있었다.

그러나 순례길은 달랐다. 첫 시작부터가 난관이었다. 우리 부부는 아무런 사전 정보도, 준비도 없이 무작정 순례길의 시작점이라는 생장으로 찾아온 것이다. 생장 기차역에서 내리면 어느 방향으로 가야 하는지조차 모르는 채로 말이다.

"여기선 그냥 노란 화살표만 따라가면 된다고 했어."

난감해하는 내게 남편은 자신감 넘치는 표정을 지어 보였다. 나는 그런 남편을 보고 더 난감해졌다. 아무리 둘러 봐도 내 눈에는 노란 화살표가 보이지 않았다. 그때, 같은 방향으로 걷고 있는 사람들의 모습이 보였다. 분명 저쪽이 순례길로 향하는 방향일 것이다. 다들 우리와 비슷한 차림새, 비슷하게 큰 배낭을 메고 있었으니까. 우리 부부는 사람들의 배낭이 노란 화살표이기라도 한 듯 그들을 따라 걷기 시작했다. 설렘인지 두려움인지 모를 감정 때문에 심장이 콩콩 뛰었다.

"Lee! 길 위에 서는 도전을 시작한 것을 축하해. 이제 누가 뭐래도 너는 이 곳의 순례자야. 행운을 빌어."

순례길 사무소 자원봉사자이신 할아버지께서 나를 따스하게 바라보며 말씀하셨다. 어쩌면 순례자 여권*을 만드는 모든 사람들에게 형식적인 인사치레처럼 하는 응원이었을지도 모르지만 왠지 가슴이 찡해졌다. 이 길을 걸어도 된다는 일종의 허락을 받은 기분이랄까.

　누군가는 산티아고 순례길을 걷는 것이 일생일대의 소원이라는데, 나는 순례길을 꼭 걷고 싶다는 꿈이 없었다. 다시 한 번 말하지만 순례길을 걷고 싶은 건 순전히 남편의 꿈이었고, 나는 그저 따라왔을 뿐이다. 내가 과연 이 길을 완주할 수 있을지 잠깐 걱정을 해본 적은 있지만, 순례길의 의미나 의의 같은 건 알지도 못하고 거의 무작정 아무 생각 없이 왔다고 해도 과언이 아니었다. 그런데 막상 생장의 활기차면서도 결코 가볍지 않은 분위기와 순례자들의 진지한 모습을 마주하자, 덜컥 겁이 났다. 조금 위축도 됐다. 순례자 사무소에서 여권을 발급받는 순간까지도 마음 한구석이 불편했다.

'종교도 없고, 특별한 이유도 없는데 이런 내가 걸어도 되는 길일까. 혹 이곳을 진지한 마음으로 걷는 사람들에게 실례가 되는 것은 아닐까.'

♦ **순례자 여권(크레덴시알(Credencial))**: 순례자임을 증명하는 증명서. 알베르게에서 순례자 여권에 스탬프를 받아야 침대를 배정받을 수 있다. 날짜와 스탬프가 찍힌 여권은 길을 실제로 걸어왔다는 증명이 되어 이를 토대로 산티아고 성당 순례자 사무실에서 순례자 증명서를 받게 된다.

이런 나의 마음을 알아차렸는지, 할아버지는 처음부터 끝까지 아주 다정하게 내 눈을 맞추며 자세하게 설명해주셨다. 이 길의 유래부터, 발에 물집 잡히지 않게 걷는 법, 특색 있는 알베르게[*] 리스트 소개와 유머러스한 농담까지. '누가 뭐래도 너는 이 길의 순례자야'라는 응원에 나는 용기를 내보기로 했다. 세계여행처럼 순례자의 길도 자유롭게 걸어도 되는 거 아닐까.

일정 기부금을 내고 순례자 사무소에서 받아온 하얗고 예쁜 조개껍데기를 배낭에 매달았다. 이 조개껍데기를 매달고 다니는 것이 '나는 순례자입니다'라는 표식이 된다고 한다. 조개껍데기가 떨어지지 않도록 단단하게 배낭에 매달고, 순례자 여권도 잃어버리지 않도록 꼼꼼하게 챙기며 점차 나는 순례자의 마음가짐을 갖게 되었다. 종교가 없어도, 걷는 이유나 목적이 없어도 그저 내가 걷기로 한다면 걸어도 되는 길. 나는 내일부터 산티아고 순례길을 걷는다.

[*] **알베르게**(Albergue): 순례자들이 이용하는 숙소.

Day 1

사실 난 걷는 게 싫어

한 걸음씩 걸을 때마다 삐그덕거리는 낡은 나무 바닥, 방안에 덩그러니 놓여있는 아주 오래되고 낡은 침대. 이 정도면 삭은 거 아닌가 싶을 정도로 너절했던 매트리스. 그 위에 올려진 아주 얇은 일회용 시트 한 장. 왠지 벌레가 기어다닐 것만 같은 침대에 누워 나는 밤새 잠을 설쳤다. 매트리스가 너무 더러워 보여서 그 위에 침낭을 깔고 그 안에 들어가서 잤는데, 자는 내내 침낭 밖으로 머리카락 한 올도 빠져 나가지 않도록 애쓰느라 도무지 편히 잠들 수 없었기 때문이다.

'이건 꿈일 거야. 현실이 아니야.'

두 눈을 질끈 감았다. 꿈이길 바랐다. 너무나도 부정하고 싶은 현실이 내 눈앞에 있었다. 분명 숙소 예약사이트에서 높은 평점과 후기를 보고 꼼꼼히 고른 숙소였다. 이게 평점 높은 최고의 숙소라면, 앞으로 순례길에서 머물러야 하는 숙소들은 얼마나 더 최악이라는거야? 심지어 침대에서 인터넷 와이파이조차 연결되질 않는다. 와이파이는 숙소 건물 1층에 있는 거실 소파에서만 터진다. 유심도 사오지 않은 우리 부부의 핸드폰은 그저 화질 안 좋은 카메라에 불과했고, 덕분에 어젯밤에는 새나라의 어린이처럼 아주 일찍 잠자리에 들었던 참이다.

더는 잠이 오지 않을 것 같아 새벽녘에 눈을 떴다. 어느덧 창밖으로 여명이 밝아오고 있었다. 계속 부스럭거리는 소리가 들리는 것으로 보아, 남편 역시 잠을 설친 것 같다.

"여보, 침대가 너무 소리 나고 찝찝해서 잠 제대로 못 잤지?"

"아니, 나는 오늘부터 걸을 생각에 설레서 못 잤는데? 침대는 괜찮았어."

아, 어느 정도 예상은 했지만 남편과 나의 온도차가 이렇게 클 줄은 몰랐다. 소풍을 앞두고 있는 어린아이처럼 들뜬 표정을 한 남편을 보고 있으면 여기 오길 잘했다 싶으면서도, 지저분하고 힘든 걸 못 참는 나를 생각하면 앞으로가 막막해진다.

산속 깊은 마을이라 그런지 하룻밤 새 부쩍 서늘해진 새벽 공기에 침낭 속에서 나가지도 못하고 오래도록 밍기적거렸다. 한껏 여유를 부리다 일어났는데 어제 저녁 만실이라던 숙소가 쥐 죽은 듯 조용하다. 내가 제일 일찍 일어나서 부지런 떨고 있는 줄 알았더니, 대부분의 사람들이 이미 동이 틀 무렵부터 길을 떠났다고 한다.

한껏 들뜬 남편은 방 안에서 순례길 시작 기념으로 사진을 찍자고 한다. 남편이 이렇게 인증사진에 의욕을 보이는 사람인 줄 몰랐다. 덕분에 세계여행 출발하던 날 공항에서도 찍지 않았던 인증사진을 순례길 여정을 앞두고 찍게 되었다. 길을 떠나기 전, 의자를 두 개 놓고 남편과 나란히 앉아 아주 어설프게 사진을 찍었다. 그리고 숙소 앞에 있는 빵집에서 사온 빵과 커피에 바나나를 곁들여 소박한 아침도 먹었다. 빠트린 건 없는지 꼼꼼히 배낭을 챙기고, 숙소를 나와 천천히 길을 걸었다. 남편과 나의 순례길, 그 첫 시작이었다.

어디로 가서 어떻게 시작해야 할지는 모르지만, 일단 어제의 경험대로 조개껍데기를 매단 배낭을 메고 있는 사람들을 따라 무작정 걷기 시작했다. 이윽고 까미노의 이정표인 노란 화살표가 보였고, 화살표가 가리키는 방향으로 길게 뻗은 오르막길이 나왔다. 꽤 많은 사람들이 같은 방향을 향해 함께 걸었지만, 무척 조용했다. 쥐 죽은 듯 고요한 분위기가 경건하게 느껴지기까지 했다. 마을을 빠져나와 숲으로 들어서자, 순식간에 시공간이 바뀐 것처럼 고요했던 세상이 새소리로 가득 찼다. '새소리에 행복해졌다'고 말하고 싶지만 사실 그 순간에도 나는 걷기가 싫었다. 난 정말이지 걷는 게 너무 싫다.

익숙하지 않은 배낭을 메고, 무거운 등산화를 신고 산을 오르는 것은 내가 상상했던 것보다 훨씬 더 힘겨웠다. 와, 이렇게 힘든 건 줄 알았으면 난 안 왔지! 여기 왜 왔지, 난 왜 여기 있는 거지. 무거운 카메라를 목에 걸고서 두 걸음 걷고 사진을 찍고, 세 걸음 걷고 사진을 찍으며 좀처럼 설렘을 숨기지 못하는 남편 뒤에서 이곳에 오기를 선택했던 나 자신을 자책했다. 한껏 인상을 찡그리고 발끝만 보며 터벅터벅 걸었다. 걸으면 걸을수록 배낭의 무게에 어깨와 골반이 짓눌리며 저려왔다. 아픔을 줄이려면 숨을 고르며 천천히 걷는 수밖에 없었는데, 그러다 보니 걸음은 더욱 느려졌다. 마을에서부터 함께 출발했던 눈에 익은 순례자들은 어느새 저만치 앞서갔다. 자꾸만 뒤처진다는 생각에 조급해지고, 의기소침해졌다. 이 길은 나 같은 애들은 올 곳이 못 되는 것 같다. 힘들어서 더는 못 걷겠다.

"우리 쉬었다 가면 안될까?"

오늘만 해도 벌써 몇 번째 쉬는 시간을 갖는지 모르겠다. 몇 걸음 걷지도 못하고 숨을 헐떡이며 멈춰 서서, 앞서 가는 남편을 불렀다. 혼자 신이 나서 가볍게 깡총깡총 걸어가는 남편이 내심 얄미웠고, 생각보다 훨씬 더 못 걷는 내가 야속했다. 너무 힘들어 아무것도 눈에 들어오지 않는데 남편은 자꾸만 저기 보라며, 너무 멋지지 않냐며 호들갑을 떤다. 괜히 뾰로통해져서 남편이 말을 걸 때마다 통명스러운 대꾸가 나왔다.

"헤이, 다 괜찮은 거지?"

인상을 팍 구기고 앉아 쉬고 있는 내게 누군가 다가와 안부를 물었다. 한 명뿐이 아니라 지나가는 모든 순례자가 걱정 어린 표정으로 내게 말을 걸었다. 심지어 순례길 관리 직원은 차에서 내려 내게 무슨 문제라도 생긴 건 아닌지 달려와 확인했다(내가 너

무 지나치게 자주 쉬는 모습을 보여, 문제가 있을 수 있다고 여겼나 보다).

이렇게 생전 모르는 사람들이 걱정되는 표정으로 괜찮으냐고 물어올 때마다 구겨졌던 마음이 살살 펴졌다. "나 괜찮아. 힘들어서 잠시 쉬고 있을 뿐이야."라고 억지로라도 활짝 웃으며 대답했는데, 웃다 보니 이상하게 기분도 슬슬 좋아지기 시작한다.

신기한 길, 그리고 신기한 사람들이었다. 사람들은 나와 눈을 마주칠 때마다 "부엔 까미노!"라는 말을 건넸다. 이 말이 무슨 의미인지는 얼마 지나지 않아 알게 됐다. '부엔 까미노'는 스페인어로 '좋은 순례길이 되길!'이라는 뜻이다. 인사 대신 서로의 순례길에 대한 염원을 빌어준다니, 너무 근사하다. 그들의 "부엔 까미노"에 어색한 표정을 지으며 "땡큐"로 답하던 내가 얼마 지나지 않아 먼저 "부엔 까미노!"를 건네기 시작했다. 마법 같은 언어였다. 서로에게 건네는 이 말을 시작으로, 생전 모르던 사이에 '순례자'라는 연결고리가 생긴다. 이 길 위에서는 왜 모두 친구가 된다고 하는지 알 것 같았다. '부엔 까미노'라는 말을 주고 받다 보면, 걷기 싫어 뾰족하게 날을 세웠던 마음이 부드러워지곤 했다.

걸음이 느린 탓에 남편을 비롯한 모두가 나를 앞질러 가고,

어느새 길 위에 혼자 남아 걷고 있다는 것을 알아차린 순간, 정적이 느껴졌다. 마른 나뭇잎이 가득 쌓인 흙길을 걸었다. 타닥타닥 하는 내 발자국 소리만이 울려 퍼졌다. 허리를 곧게 펴고 서서 숲 내음을 한 모금 깊게 마셔보았다. 서울에서는 마셔보지 못한, 몸속 구석구석까지 깨끗해지는 듯한 아주 차갑고 청량한 공기였다. 한참을 혼자 바위산을 오르고 나서야 남편이 기다리고 있는 산 중턱에 도착했다. 땀에 흠뻑 젖은 머리칼 위로 때마침 바람이 불어왔다. 두 팔 벌려 눈을 감고 산에서 불어오는 바람을 온몸으로 맞이했다.

"역시! 난 네가 걸을 수 있을 줄 알았어."

땀에 젖은 남편이 내 앞으로 달려와 엄지 손가락을 치켜 세우며 해맑게 웃고 있었다. 그런 남편을 향해 눈을 흘겼다.

"내가 뭐랬어! 순례길은 나한테 무리일 거라고 말했잖아. 힘들어 죽겠어."

갑작스레 태세를 전환하기가 멋쩍어 괜히 투덜거렸으나 실은 이 길이 아주 조금씩 마음에 들기 시작했다. 내가 여기까지 혼자 걸어왔다니! 믿을 수 없었지만, 이건 진짜였다.

황홀했던 첫날밤

산티아고 순례길에 대해 아무것도 몰랐던 나조차도 유일하게 알고 있던 사실이 있다. 바로 오늘 내가 걷게 될 피레네 산맥이 순례길의 전체 여정 중 가장 아름다운 길이면서도 가장 넘기 어려운 고통의 길이라는 것. 이틀에 걸쳐 나눠 걸으면 좀 낫지 않을까 싶어 피레네 산맥에 숙소가 있나 알아보았다. 딱 하나 있었다. 오리손 산장. 이 산맥의 유일한 순례자 숙소라고 했다. 3개월 전에 예약해도 자리가 없다는 오리손 산장인데, 운 좋게 하루 전에 예약할 수 있었다. 스페인어에 능통했던 관리소의 프랑스 할아버지 덕분이었다. 피레네 산맥을 한번에 넘지 않아도 된다는 안도감으로 순례길에서의 첫날을 여유롭게 마칠 수 있었다.

오리손 산장은 생각보다 아담했고, 깨끗해서 마음에 들었다. 이 산장의 가장 큰 특징은 샤워를 '5분 컷'으로 해야 한다는 것이다. 체크인을 하면 순례자에게 토큰을 하나씩 나눠 주는데,

샤워 직전에 토큰을 넣고 샤워실에 들어가 샤워를 하면 정확하게 5분 뒤에 물이 끊긴다. 이게 뭐라고, 여러 번 경험이 있다는 다른 순례자에게 5분 이내로 샤워하는 비법까지 전수받았다.

"머리가 제일 중요해. 일단 물을 틀기 전에 샴푸를 짜서 머리에 바르고 시작해."
"물을 틀면서 바로 머리를 벅벅 감아! 그리고 그 거품들로 몸을 재빠르게 헹궈내야 해."

한 번도 5분 내에 샤워를 해본 적이 없어서 조금 긴장하며 씻었는데 되려 시간이 조금 남아서 여유롭게 손가락 발가락 사이까지 씻을 수 있었다. 역시 사람은 적응의 동물이다. 심지어 뽀드득뽀드득해지도록 잘 씻어 매우 만족스러웠다. 5분은 터무니없이 적다고 생각했는데, 평소 시간을 의식하지 않고 오래도록 샤워하던 나의 습관이 부끄러워질 정도로 5분은 샤워하기에 충분한 시간이었다.

배정받은 침대에서 오들오들 떨며 낮잠을 자다가 저녁 식사 시간이 되어 한껏 웅크린 몸으로 식당에 갔다. 식당 문을 열자마자 후끈한 공기가 느껴질 정도로 식당 안은 이미 오늘 산장에서 함께 머무는 순례자들로 가득했다. 당연하게 모든 순례자가 합석할 수밖에 없는 긴 테이블이 놓여 있었고 모두 삼삼오오 앉아 담소를 나누고 있었다. 왁자지껄한 분위기에 쉬이 녹아들지 못하고 우리 부부는 사람들에게서 살짝 떨어져 앉았다. 낯을 많이 가리는 나는 이런 북적거리는 분위기에 적응하기가 쉽지 않다. 매번 이렇게 소란스러운 가운데 모르는 사람들과 부대끼며 식사를 해야 하는 걸까, 걱정스러운 마음 가득 안고 있는데 음식이 나왔다. 변변치 않은 것으로 점심을 때우고서 오늘 처음 먹는 제대로 된 식사다. 수저 가득 수프를 떠서 입으로 가져갔다. 따뜻한 수프가 목구멍을 넘어 쪼그라든 위장으로 들어가니 바짝 긴장했던 마음도 이내 사르르 풀린다.

우리 부부가 앉은 테이블에는 이탈리아와 미국 캘리포니아에서 온 순례자가 합석했다. 식사를 하며 눈인사를 주고받으니 보다 편안한 마음으로 그들과 조용한 대화를 이어갈 수 있었다. 그들 옆에는 스페인과 남미에서 온 순례자가 앉아있었고, 뜨거운 나라에서 온 친구들이라 그런지 모두가 유쾌했다. 따뜻하고 맛있는 음식과 수다가 오가며 어느덧 어색했던 식사 자리의 분위기가 훈훈하게 무르익었다.

그 때, 누군가 자리에서 일어나 박수를 치며 모두의 시선을 집중시켰다. 오리손 산장의 직원이었다.

"지금부터 우리 오리손 산장의 전통이자, 저녁 식사의 하이라이트 시간을 소개할게요. 오늘 이 시간을 통해 서로 영감을 나눌 수 있었으면 좋겠어요."

자기소개 시간이었다. 한 명씩 돌아가며 자리에서 일어나 어디에서 왔고, 이름은 무엇이고, 이곳에는 왜 왔는지에 대해 차례로 말하며 자신을 소개하는 시간. 갑자기 난감해졌다. 나는 영어를 그다지 잘 하는 편이 아니었기 때문이다. 그러나 이 걱정은 그저 기우에 불과했다. 이곳에서 완벽한 문장과 발음으로 영어를 구사하는 사람은 드물었다. 모두들 어설픈 실력으로나마 영어로 자기소개를 이어갔다. 서로의 언어가 달라도, 영어 실력이 부족해도, 표현이 좀 서툴러도 모두 괜찮았다. 이곳은 까미노니까.

단어로, 몸짓으로, 얼굴 표정으로 어떻게든 그 순간 자신이 하고 싶은 말을 하는 사람들. 그리고 천천히 다 들어주는 사람들. 굳이 이곳에 왜 왔는지 말하지 않더라도 그저 모든 게 다 통하고 있는 듯했다. 그 속에 나와 남편이 있었다. 지금 순간이 꿈처럼 느껴졌다. 다양한 사람들이 다양한 이유로 순례길을 걷기 위해 한 날 한 시에 이곳에 모여 있었다.

- 사랑하는 사람을 떠나 보내고 혼자 걷는 사람
- 인생에서 진짜 중요한 게 뭔지 잃어버린 것 같아 왔다는 사람
- 아들로 태어났지만 딸이 되고 싶어 하는 자녀와 함께 걷기 위해 온 사람. 그녀는 담담하게 "I came here with my daughter(저는 이곳에 제 딸과 함께 왔어요)" 라고 말했다.
- 작년에 일을 너무 많이 하느라 쉬지 못해 휴식을 찾아 왔다는 사람
- 은퇴 후 무엇을 해야 할지 고민하기 위해 온 사람
- 12살 아들과 온 아빠
- 일생 일대의 소원이라며 홀로 떠나온 50대의 가장
- 베스트 프렌드와 함께 추억을 만들기 위해 온 사람
- 모험을 즐기기 위해 온 사람
- 과거에 걸었던 까미노를 잊지 못해서 다시 찾아온 사람

세계 곳곳에서 아주 다양한 이유로 이곳에 온 모두의 이야기가 하나의 큰 울림이 되어 다가왔다. 그들과 잠깐이지만 하나가 된 기분. 이야기를 듣는 내내 자꾸만 눈시울이 붉어져 울지 않기 위해 오히려 더 웃으며 박수를 쳐주었다. 이건 지금까지 느껴보지 못한 벅찬 감정이었다. 어느덧 내 차례가 왔다.

"내가 이 곳에 온 이유는 까미노 순례가 남편의 꿈이기 때문이야. 나는 사실 걷는 것을 아주 싫어하지만, 좋은 아내가 되고 싶어서 함께 왔어. 모두 부엔 까미노!"

누구보다 짧은 문장으로 전한 소개. 이런 대단치 않은 이유도 그들에게 작은 울림이 되었나 보다. 소개하는 그 순간에는 식당 전체가 웃음바다가 되어버렸지만, 너의 진심이 너무 좋았다며 꼬옥 끌어안아주는 사람들이 있었다. 그들의 따스한 손길에 이상하게 자꾸만 눈물이 나왔다. 행복했다. 정말이지, 숲속의 작은 집에서의 마법처럼 황홀한 첫날밤이었다.

까미노에 발을 들이다

Day 2

- 오리손
  Orisson

- 론세스바예스
  Roncesvalles

걸어야만 보이는 것들

오늘의 길을 나서며 어젯밤 함께 깊은 대화를 나눴던 순례자들과 반가운 아침 인사를 했다. 어제 아침에만 해도 모르는 사이였던 우리가 하룻밤 사이에 특별한 영감을 나눈 가까운 사이가 되어 있었다. 순식간에 길 위에 수많은 친구들이 생겼다. 길 위에서 또 보자는 말을 남기고서 양손에 폴대를 하나씩 쥐고 힘차게 걸었다.

시작부터 오르막길이다. 한 걸음 한 걸음, 초반부터 가쁜 숨을 몰아 쉬며 오르고 있던 그 순간, 산 아래에서 거짓말처럼 아름다운 노랫소리가 들렸다. 호주에서 온 성악가 순례자였는데, 다들 이미 출발하고 아무도 없는 산장의 야외 테라스에 서서 양손을 크게 벌리고 산을 향해 노래를 부르고 있었다. 그녀의 노랫소리는 메아리처럼 피레네 산맥에 웅장하게 울려 퍼졌다. 옅은 안개가 끼어 신비로워 보이는 산 중턱, 너른 공간에 울려 퍼지는 아름다운 노랫소리. 갑작스럽게 펼쳐진 영화 같은 장면 속에서 가쁜 숨을 몰아 쉬며 산을 올랐다. 내가 지금 이 풍경 안에 있다는 사실이 비현실적으로 느껴졌다.

"어젯밤도 그렇고. 오늘 아침도 그렇고. 나 자꾸만 꿈을 꾸고 있는 기분이야. 뭐가 이렇게 다 아름답지?"
"나도 그래."

남편의 꿈을 이뤄주기 위해 걷게 된 이 길을, 어쩌면 내가 더 좋아하게 될지도 모르겠다는 생각을 처음으로 했다.

"혜림! 난 네가 신발을 신고 걷는 모습을 본 적이 없어. 걸을 수 있긴 한 거지?"

매번 앉아서 쉬고 있을 때만 마주치는 독일에서 온 에릭이 장난기 어린 표정을 지으며 지나간다. 정곡을 찔린 나는 대답 대신 눈을 흘겼다. 에릭은 두 손바닥을 내보이며 씩 웃었다. 에릭이 정확하게 봤다. 나는 순례길 위에서 누구보다 많이, 그리고 자주 쉬어가는 사람이다. 적당한 바위나 잔디밭이 나오면 배낭을 그대로 내동댕이치고 철퍼덕 앉아 쉬곤 했는데, 평균적으로 1시간마다 걷기를 멈췄다. 세상에서 아픈 것을 가장 무서워하는 엄살쟁이답게 '물집 잡히지 않고 걷는 팁'을 어디서 전수받아온 까닭이다. 무거운 등산화 속에서 땀에 젖은 양말까지 벗고 발을 한 번씩 뽀송하게 말려주는 게 포인트다.

남편은 쉴 때마다 손목시계로 10분짜리 알람을 맞추고는 10분이 지나면 아주 경쾌한 목소리로 "휴식 끝!"을 외치며 서둘러 걸을 채비를 한다. 마치 이등병의 휴가처럼, 휴식 시간 10분은 너무도 쏜살같이 흘러가버린다. 조금만 더 쉬자고 통사정을 해도 좀처럼 받아들여지지가 않는데, 더 쉬다가 땀이 다 식어버리면 체온이 급격히 떨어져 감기에 걸리기 쉬워진다는 게 이유다. 아무리 그래도 그렇지, 이렇게 10분의 시간을 칼같이 지키다니. 남편에게 이렇게 야무진 면이 있었나, 하고 휴식 시간이 끝날 때마다 놀란다. 에릭이 떠나고 잠시 눈 감았다 뜨니 또 끝나버린 휴식 시간. 땀으로 너무 젖어서 10분만으로는 도저히 마를 수 없는 지경이 된 양말은 배낭 옆에 걸어두고, 새 양말을 꺼내 신었다. 등산화 끈을 질끈 동여매고 다시 배낭을 멨다.

피레네 산맥의 꽃은 오리손 산장 이후부터였다. 너무 힘들어 이 길에서 도망치고 싶어도 일단 이 산맥은 다 넘어야 한다. 어딘가에 머무를 수도 없는, 우거진 숲과 산 이외엔 아무것도 없는 길이니까. 그래서 울며 겨자 먹기로 걸었다. 얼마나 더 가야 하는지, 오늘 총 몇 km를 걷는 건지, 정보라고는 아무것도 없이 무작정 노란색 화살표만 따라 걸으니 목적지가 너무도 까마득하게 느껴졌다. 그렇지만 왜들 그렇게 피레네 산맥을 걸을 때가 산티아고 순례 중 가장 잊지 못할 순간이라고 하는지 그 이유를 알 것도 같았다. 길이 험난한 만큼, 아름다웠다.

그림 같은 길을 걷다 보니 바욘 호텔 로비에서 만났던 미국에서 온 중년 부부가 생각났다. 도보여행 중이라는 그들은 순례길을 걷기 위해 왔다는 우리 부부에게 분명 '축하'한다고 말했다.

"아마 그동안 몰랐던 새로운 세상을 알게 될 거예요. 세상에는 걸어야만 보이는 것들이 있어요. 차로 빠르게 지나쳐버리면 우리는 보지 못하는 게 너무 많아져요. 자연의 냄새를 맡거나, 이 바람을 느낄 수도 없죠."

당시에는 그들의 말을 이해하지 못했다. 아리송하기만 했다.

아 그런가요, 하며 얼렁뚱땅 넘어갔던 그 대화를 험난한 피레네 산맥을 내려오며 떠올렸다. 그들에 내게 했던 말의 의미를 어렴풋이 알겠다. 멀리서 보면 아무것도 없어 보이던 들판에 연약하고 어여쁜 꽃들이 얼마나 많이 피어 있는지, 그 안에 쇠똥구리와 민달팽이, 그리고 이름 모를 곤충들이 얼마나 많이 살고 있는지. 산의 고도별로 나뭇잎이 자라는 속도가 다르다는 것과 산 위로 올라갈수록 4월에도 아직 녹지 않은 눈들이 있다는 것도 나는 이 길을 걷기 시작하고 나서야 알게 됐다. 천천히 음미하며 걸은 덕분에 느낄 수 있었다. 만약 차를 타고 이 길을 지나쳐 갔더라면 몰랐을 것들이다. 세상에는 걸어야만 보이는 것들이 정말로 존재했다.

Day 3

- 론세스바예스
  Roncesvalles

- 수비리
  Zubiri

이상한 해방감

아침에 눈 뜨면 바로 준비하고 걷기 시작하려고 했지만 몸이 말을 듣지 않았다. 온몸이 두드려 맞은 것처럼 무겁고 아파서 한동안 꼼짝없이 누워있어야 했다. 이 생활을 한 달 정도 더 해야 한다니, 맙소사! 눈앞이 깜깜해졌다. 매일 짐을 싸고 풀고를 반복하며 매일 그 짐을 등에 메고 20km씩 걷다 보면 적응되는 날이 올까? 아니면 아침마다 점점 더 몸이 무거워질까. 이 길의 끝에 나는 과연 멀쩡히 살아는 있을까.

"어제 잘 때 누가 나 밟았나 봐. 몸을 못 움직이겠어. 당신은?"

"난 괜찮아. 할 만한데?"

벌써 길을 떠날 채비를 마친 남편은 허리춤에 손을 올리고 서서 2층 침대에서 꼼짝도 못하는 나를 보고 씨익 웃는다. 순례길 시작할 적에 남편이 내 가방에 있는 짐의 절반을 본인 가방으로 덜어갔으니, 분명 힘들어도 훨씬 더 힘들 텐데. 이상하게 남편의 얼굴에는 늘 함박 웃음이 걸려 있다. 그 모습이 기특하기는커녕, 저 혼자만 행복하게 길을 걷는 남편이 부럽고 얄미워 죽겠다.

갑자기 날이 흐려지면서 빗방울이 떨어지기 시작했다. 오늘 일기 예보는 종일 맑음이라고 했는데! 마음이 조급해졌다. 게다가 아직 오늘 머물기로 한 마을까지 절반도 채 걷지 못한 상황이었다. 이대로라면 알베르게에 자리가 없어서 그 다음 마을까지 수 킬로미터를 더 걸어야 할지도 모른다. 급한 마음에 발걸음이 빨라졌다. 그때 멀리서 내 이름을 부르는 목소리가 들렸다.

"혜림, 정민! 여기 좀 봐요."

고개를 드니 길 왼편으로 자그마한 언덕이 있었고, 언덕 위 아주 큰 나무에 비스듬히 기대 앉아 손을 흔들고 있는 미국에서 온 순례자 커플이 보였다. 첫날 스몰토크를 하며 안면을 텄는데, 그 뒤로 보이지 않아 내심 잘 걷고 있는지 궁금했던 친구들이다. 가까이 다가가니 와인을 병째로 들고 마시며 쉬고 있었다. 반가운 마음에 목소리가 커지는 내게 부부는 쉿! 하고 입가에 손가락을 가져다 대며 눈짓을 주었다. 그들이 앉아있는 나무 아래로 펼쳐진 너른 잔디밭에는 엄마 소와 아기 소들이 사람들이 있다는 것에 개의치 않고 평온한 표정으로 풀을 뜯고 있었다.

"혜림, 다시 만나 너무 반가워요. 그런데 여기 정말 아름답지
않아요? 내가 지금 이곳에 있다는 게 꿈만 같아요."

그랬다. 그곳은 정말 아름다웠다. 나는 목소리도 내지 못하고 고개만 세차게 끄덕였다. 비현실적으로 느껴질 만큼 고요하고 아름다운 순간이었다. 우두커니 서서 귀여운 소들을 한참 바라보았다. 비가 더 쏟아지기 전에 다음 마을에 빨리 도착할 생각만 했던 내 마음 속으로 갑작스럽게 평화가 비집고 들어왔다. 서둘러 걷다가 이렇게 아름다운 순간을 놓칠 뻔했다. 사실 중요한 건 빨리 도착하는 게 아닐 텐데 말이다.

와인을 마저 비우고 뒤따라 걷겠다는 미국인 부부와 헤어지고, 다시 우리 부부만의 길을 걷기 시작했다. 얼마 지나지 않아서 폭우가 쏟아졌다. 재빠르게 우비를 입었는데도 비가 얼마나 많이 쏟아지는지 홀딱 다 젖었다. 귀찮고 번거로울 법한 그 순간에 이상한 해방감이 느껴졌다. 비를 맞을까 걱정했던 긴장의 끈이 툭, 하고 끊어졌다. 그 순간, 무척 홀가분하고 자유로운 느낌이 들었다. 연두색 얇은 우비를 입은 머리와 어깨 위로 굵은 빗방울이 투둑투둑 떨어졌다. 빗방울이 몸을 두드릴 때 나는 소리와 느낌은 나를 어린 시절의 기억으로 이끌었다. 비가 많이 오는 날이면 물웅덩이를 찾아다니며 앞뒤 따지지 않고 그대로 뛰어들어 온몸에 물을 튀기며 놀곤 했었다. 그때 내게 비는 '걱정'이 아니라 '재미'였다. 모처럼 나는 어릴 때처럼 아무 걱정 없이, 오히려 홀가분한 기분으로 비를 맞았다. 이렇게 비에 홀딱 젖어보는 것도, 우산이 아닌 몸으로 비를 맞아보는 것도 너무 오랜만이었다.

수비리 마을에 도착한 시간은 이미 알베르게의 체크인 시간을 한참 지난 뒤였다. 운 좋게도 마지막 남은 침대 두 자리를 차지했다. 평균 5시간이면 다 걷는다는 코스를 우리 부부는 무려 9시간에 걸쳐 걸었다. 굉장히 늦은 체크인을 하는 우리에게 한 순례자가 다가와 물었다.

"왜 이렇게 늦게 도착했어요?"

요 며칠 한국인 순례자들에게 자주 듣는 질문이었다(그만큼 나는 걸음이 정말 느리다). 어제까지만 하더라도 그런 질문을 받으면 내가 게으르고 부지런하지 못한 사람처럼 느껴져서 뭐라고 대답해야 할지 몰라 쭈뼛거리곤 했다. 그러나 이제는 아무렇지 않게 대답할 수 있을 것 같다.

"그냥 좀 천천히 걸었어요. 아기 소, 엄마 소도 구경하고요."

순례길을 걷는 데에는 정답도, 정석도 없으니 내가 걷고 싶은 대로 걸으면 그만이다. 오늘 밤 내게 이런 느긋한 마음을 알려준 미국인 부부는 이 곳 수비리 마을에서 무사히 머물고 있을까. 그들은 오늘 숲에서 와인 한 병을 다 비우는 대가로 몇 시간을 더 걸어야 했을지도 모르지만, 아마 후회는 하지 않았을 것 같다. 그저 그 또한 하나의 순례로 받아들였을 것이다.

Day 4

● 수비리
　Zubiri

● 팜플로나
　Pamplona

걷는 것을 멈추지만 않는다면

스페인의 아주 작은 마을에서 오늘의 걸음을 시작했다. 오전 7시가 조금 안 된 시각, 길 위엔 아무도 없다. 쥐 죽은 듯 고요한 마을에서 조금 벗어나니 또 다른 세상이 펼쳐진다. 새들이 지저귀는 소리가 온 세상을 가득 채우려는 듯 들려오고, 해가 떠오르는데 밤새 떠 있던 달도 여전히 환하게 우리를 비춰준다. 별이 콕콕 박힌 검고 푸른 하늘 아래 갈대는 흩날리고, 그 갈대를 헤치며 걷는 길 위에는 오직 우리 둘 뿐이다.

순례길을 걷다 보면 이렇게 그동안 만나보지 못했던 비현실적인 장면들을 마주하게 된다. 마치 영화 속 한 장면 같은 그 순간들이 너무 아름다워서 자꾸만 발걸음을 멈추게 된다. 그러다 보면 우리의 순례길은 늘 예상보다 지체되곤 하는 것이다.

오늘도 오후부터 비가 온다는 예보가 있었다. 날씨를 염두에 두고 꽤 이른 시간에 출발했지만 걸음이 느린 탓에 도중에 결국 비를 만났다. 능숙하게 우비를 착용하고 빗속을 걸었다. 처음 비를 만났을 땐 조바심이 나서 서둘렀지만, 이제는 비가 와도 평소의 속도를 유지하며 걷는다. 서두른다고 몸에 힘을 주고 걸었다가는 다음 날 걷기 힘들 정도로 몸에 무리가 온다는 걸 직접 경험하며 배웠기 때문이다.

빗방울이 점점 굵어지다가 폭우가 쏟아지려던 찰나, 마침 간이 쉼터가 나와서 비를 피할 수 있었다. 쉼터에서 프랑스에서 온 순례자 모녀를 만났다. 일곱 살 여자아이와 아이의 엄마였는데, 주말이나 아이의 방학에 맞춰 조금씩 쪼개어 순례길을 걷고 있다고 했다. 금방 그칠 비가 아니라고 생각했는지 그들은 쉼터 구석에 자리를 깔고 앉아서 가방에서 절인 올리브와 바게트를 꺼내 간단한 식사를 했다. 비 오는 숲속의 풍경을 감상하며, 쉼터의 지붕에 부딪히는 빗소리를 들으며 그들은 이 시간을 오롯이 즐기고 있었다. 여유와 우아함이 엿보이는 태도였다. 아, 멋지다. 발을 동동 구르며 비가 언제 그칠지만을 기다리는 게 아니라 주어진 상황 자체를 즐기는 모습. 그들의 느긋한 여유를 닮고 싶다고 생각했다. 비가 그치고 다시 길을 걸으

면서, 다른 이들은 이 순례길을 어떻게 즐기고 있는지 눈여겨
보게 되었다. 어떤 이는 나무에 기대어 앉아 그림을 그리고 있
었고, 어떤 이는 잔디밭에 누워 낮잠을 자고 있었다.

팜플로나 마을 초입에 다다랐을 때, 오리손 산장에서 안면을
익힌 순례자 릴리와 앤서니를 마주쳤다. 내가 알고 있는 순례
길의 방향, 그러니까 노란 화살표 표식의 반대 방향으로 가는
그들에게 길을 알려주려고 큰 소리로 불렀다.

"릴리! 팜플로나는 이쪽으로 가야해요."
"하하, 알아요. 저기 건물 1층에 펍이 보여서 맥주나 한 잔 하
고 가려고요."

남편과 나는 동시에 머리를 망치로 탕! 하고 얻어맞은 것 같
은 표정을 지었다. 너무 당연하게 노란 화살표만 따라서 걸어
야 한다고 생각했던 우리 부부는 이제껏 모범생처럼 '국민 루
트'라 일컬어지는 순례길 루트를 따라 걸어왔다. 한번도 노란
화살표의 반대 방향으로 걸어본 적이 없었다. 언제나 생장 순
례자 사무소에서 나눠준 순례길 안내문에 써있는 추천 마을의
추천 알베르게에서 머물렀다. 우리에게는 늘 오늘 머물 알베르

게의 주소와 예상 도착시간이 있었다(늘 그 예상 시간을 한참 지나 도착하긴 하지만). 계획이 없으면 불안한 나는 이 길 위에서도 여전히 머릿속으로 계획을 짜고, 그 계획을 벗어나지 않기 위해 노력해왔다. 오후가 되도록 계획했던 것보다 절반도 못 걸었을 땐 마음이 조급해지곤 했다. 중간에 아무리 예쁜 풍경이 나타나도, 한번쯤 들어가보고 싶은 카페가 보여도 꾹 참고 걸음을 재촉했다.

돌이켜보니 순례길을 걷는 '과정'은 뒤로하고 어딘가에 '도착'하는 것을 더 중요하게 생각했던 것 같다 . 이게 나쁘다는 건 아니지만, 적어도 내가 원하는 순례의 여정은 아니었다. 무엇보다 즐겁지가 않았다. 남편도 비슷한 생각이었던 것 같다.

"쉬고 싶다. 길바닥에서 잠깐 쉬는 거 말고. 릴리처럼 카페에서 느긋하게 커피 마시며 쉬고 싶어."

"나도. 지금 차가운 맥주 한 잔 마시면 정말 행복할 것 같아."

"마실까? 늦게 도착하면 뭐 어때. 설마 우리 두 사람 잘 알베르게 하나 없겠어?"

어제 오후 미국인 순례자 부부를 만나고, 오늘 릴리를 만난 이후로 우리의 순례길도 조금씩 변하기 시작했다. 처음으로 해질 무렵에 카페에 들어섰다. 오후에는 늘 알베르게에 조금이라도 일찍 도착하기 위해 분주했는데, 그 마음을 조금 내려놓기로 한 것이다. 걷는 것을 멈추지만 않는다면 우리는 목적지에 도착할 것이다. 혹시 머물려던 알베르게가 꽉 차서 머물 수 없다면 다른 알베르게를 찾으면 될 뿐이다. 무엇보다도 우리에게 주어진 이 시간을 우리가 행복한 방식으로 즐기는 것이 더 중요하다는 사실을 깨달았다. 나는 커피를, 남편은 맥주를 한 잔 주문하고서 너른 잔디밭이 펼쳐진 야외 테라스에 가만히 앉아 있었다. 카페에서 나지막이 들려오는 팝송을 흥얼거리며 나른한 햇살을 쬐고 있는 이 순간이 참 여유로웠다.

내가 언제 또 이렇게 온전히 걷는 것에만 집중하는 단순한 생활을 할 수 있을까? 그 생각을 하면 더없이 소중해지는 시간이다. 비가 와서 호들갑을 떨었고, 바람이 많이 불어 넘어질 것 같았고, 덕분에 발에 힘주고 걷느라 발바닥이 불날 것 같았지만 모두 괜찮았다. 먹구름이 걷히고 해가 반짝 뜬 순간, 카페 테라스에서 말간 하늘을 보며 마신 오후의 커피 한 잔이 하루의 고단함을 모두 날려 주었다.

Day 5

- 팜플로나
  Pamplona

- 푸엔테 라 레이나
  Puente la Reina

마지막인 줄 알았더라면

"혜림, 정민! 나도 같이 걸어도 될까?"

"그럼! 당연하지."

마을을 빠져 나오는 길목에서 우리의 이름을 부른 건 나디아다. 마눌라와 순례길 동행처럼 걸으며 많은 시간을 함께했던 나디아. 짧은 휴가를 받아 순례길을 잠시 걷던 마눌라는 오늘 아침 미국으로 돌아간다고 했다. 매일 서로를 의지하며 함께 걷다가 마눌라를 먼저 보내고 이제 다시 혼자 걸으려니 늘 생기 넘치던 나디아도 오늘은 기운이 안 나는 모양이다. 같이 걷자며 우리 곁으로 다가왔다.

길 위에서 남편 외에 처음으로 새로운 동행이 생겼는데, 그 사람이 다른 누구도 아닌 내가 좋아하는 나디아라서 기뻤다. 나디아는 이탈리아에서 온 순례자로, 첫날 오리손 산장에서 함께 식사를 하며 친해진 친구다. 그녀는 수십 가지의 생동감 넘치는 얼굴 표정을 가지고 있고, 목소리는 활기차며, 성격은 다정하고 유쾌하다. 그래서인지 그녀와 함께 있을 때면 늘 기분이 좋아진다. 걷는 데 지쳐서 남편과 나 사이에 형용할 수 없는 무거운 기운이 감돌 때도 어디선가 나디아가 나타나면 우리의 분위기도 한껏 밝아지곤 했다. 하루에도 몇 번씩 길 위에서 마주칠 때마다 오랜만에 친한 친구를 만난 것처럼 나를 꽉 끌어안아주고는 양쪽 볼에 비쥬✦를 해주는 나디아. 함께 있는 것만으로도 세상의 색채가 한 톤 더 밝아지는 듯한 매력을 가진 나디아를 우리 부부는 안 좋아할 수가 없다.

그렇게 늘 햇살같이 빛나던 나디아가 오늘은 어쩐지 많이 시무룩해 보인다. 마눌라가 떠났기 때문일 것이다. 나디아에게 넌지시 말을 걸었다. "어제 마눌라와 저녁 식사는 잘 했어? 내 작별 인사도 잘 전해주었고?" 마눌라를 떠올린 나디아는 애써

✦ 비쥬(bisou): 프랑스식 인사법. 볼 키스. 양쪽 볼에 번갈아 입술을 대며 '쪽' 소리를 낸다.

웃어 보였지만 금세 울음이 터지고 말았다. 벌써부터 마눌라가 보고 싶다고 했다.

이 길을 걸으며 마주치는 사람들이 내게 꼭 묻는 질문이 있다. "너는 까미노에 왜 왔어?"라는 질문. 사실 깊게 생각해 본 적이 없었다. 그저 남편이 오고 싶다고 해서 함께 왔을 뿐이기 때문이다. 그래서 기대하는 얼굴로 답을 기다리는 순례자에게 늘 싱거운 대답을 해줄 수밖에 없었다. 나는 도리어 다른 사람들은 이곳에 왜 왔는지가 궁금해지기 시작했다. 나는 이렇게 아무 생각 없이 왔는데, 사람들은 어떤 생각, 어떤 마음을 가지고 이곳에 와서 이리 고생하며 길을 걷는지 알고 싶었다.

얼마 전, 한적한 숲길에서 만난 나디아에게 물어본 적이 있다.

"나디아는 까미노에 왜 왔어? 너도 알다시피, 나는 그냥 남편이 오고 싶다 해서 온 거잖아."

"나도 잘 모르겠어. 악덕 사장 밑에서 일하면서 몇 년 만에 한 달짜리 휴가를 얻었는데, 그때 이 길이 생각났어. 가야겠다고 생각했어. 까미노가 나를 이끌었어."

"Camino called me." 나디아는 그렇게 말했다. 까미노가 나를 이끌었다고. 단지 그 뿐이라고. 내게도 애써 의미를 생각할 필요는 없다고 했다. 분명 너에게도 역시 까미노의 부름이 있었을 거라고, 그러니 너무 애쓰지 말라고. 그냥 마음 내키는 대로 걸으면 된다고.

며칠 전 나를 위로해주던 나디아가 지금 내 앞에서 울고 있다. 먼저 떠나버린 마눌라가 그립고 보고 싶다며 마음 내키는 대로 울고 있었다. 나디아의 눈물이 너무 맑고 투명해서 그녀의 영혼이 얼마나 아름다운지 지나가는 모든 사람이 다 알아챌수 있을 것만 같았다. 나는 딱히 해줄 말이 떠오르지 않아 그저 그녀를 꼬옥 안아주었다.

순례길에서 함께하는 시간은 일상에서 맺는 관계보다 곱절 빠르고 깊게 이어진다. 그저 함께 걷고 있다는 이유 하나만으로 말이다. 우연히 오리손 산장에서 인연처럼 만나 다섯 날을 함께 걸었으니, 마눌라가 떠난 빈자리가 허전할 나디아가 충분히 이해됐다.

까미노가 나를 부른 게 맞는지, 불렀다면 왜 나를 부른 건지도 아직 잘 모르겠지만 까미노가 왜 나와 나디아를 만나게 해주었는지는 알 것 같았다. "중요한 것은 마음에 있어."라는 어린 왕자 책 속의 구절을 영원히 기억하고 싶어서 팔에 새긴 친구, 나디아. 나는 그녀에게서 사람들과 마음을 나누는 법을 배웠다.

그날 우리는 오래도록 함께 길을 걸었다. 나디아에게 '티라미수'의 본토 억양을 제대로 배웠고, 이탈리아의 1호 스타벅스는 이탈리아인보다 외국에서 온 유학생이나 관광객이 더 많이 간다는 이야기를 들었고, 파스타와 김밥, 떡볶이에 대한 이야기를 하며 한국과 이탈리아에서 꼭 다시 만나자고 손가락 걸고 약속도 했다.

그러다 남편이 급하게 화장실에 가고 싶다고 해서 중간에 잠시 나디아와 헤어졌다. 이런 지저분한(?) 일로 함께 기다리게 하는 것이 미안해서 곧 따라 걸을 테니 먼저 걸어가고 있으라고 나디아를 앞으로 보냈다. 지금까지 그래왔던 것처럼 두어 시간 이내에 나디아의 걸음을 다시 따라잡을 수 있을 줄 알았고, 오늘 밤 같은 숙소에 머물며 더 많은 마음을 나눌 수 있을 줄 알았다.

그러나 나디아와의 만남은 그게 마지막이었다. 마지막인 줄도 모르고 작별 인사도 제대로 나누지 못했는데. 내가 나디아를 얼마나 많이 좋아하는지 말해주지도 못했는데 그날 이후로 길 위에서 나디아를 만날 수 없었다.

나디아는 어차피 금방 또 만날 텐데도 늘 헤어질 때는 나를 꼬옥 안아주곤 했다. 그래서 어느 날에는 그 포옹이 하루에 서너 번 이상 반복되기도 했다. 나디아와 더 이상 만나지 못할 거라는 사실을 깨닫게 된 순간, 내게 작은 위안이 되어준 것은 그간 여러 차례 나눴던 포옹이었다. 마지막일 줄 모르고 작별 인사도 제대로 하지 못했지만, 그래도 마지막까지 따뜻한 포옹을 해주어서 참 다행이라고 생각했다. 그리고 다시 만날 때도, 다시 헤어질 때도 언제나 이 만남이 마지막인 것처럼 기뻐하고 슬퍼하는 나디아처럼 살아야겠다고 다짐했다.

천천히 걸어줄 수 없을까

새벽에 너무 추워서 잠을 설쳤다. 해가 지면 겨울만큼 춥고, 해가 뜨면 여름처럼 더워지는 스페인의 날씨에 여전히 맥을 못 추고 있다. 매일 아침 오들오들 떨면서 일어나 내가 가지고 있는 모든 옷들을 두둑하게 껴입고 걷기 시작한다. 그러고는 해가 하늘 꼭대기에 다 올라가기도 전에 이마에 송글송글 맺힌 땀을 닦으며 새벽녘에 껴입은 옷들을 다시 한 겹씩 차례로 벗기 시작한다. 언제나 여름과 겨울 날씨가 공존하는 스페인의 산티아고. 공식적인 계절은 봄이지만 4월 말의 순례길 날씨는 예측 불가능할 만큼 변덕스럽다. 마지막 남은 외투 한 장을 벗기 위해 잠시 멈춰 선 길. 오늘도 나는 남편에게 넌지시 부탁한다.

"여보, 조금만 천천히 걸어줄 수 없을까?"

"아, 미안. 천천히 걸을게."

남편은 나보다 걸음이 빠르다. 초반 며칠간은 남편의 속도를 따라잡기 위해서 빠른 걸음으로 열심히 걸었다. 그랬더니 금세 발목과 무릎에 무리가 와서 아팠다. 요즘은 남편의 속도를 따라가는 것이 버거워질 때면 내가 더 열심히 속도를 내려고 하기보다는 한 발 앞서가는 그에게 조금만 천천히 걸어달라고 부탁한다. 그럼 남편은 이내 수긍하고 내 속도에 맞춰 함께 걸어준다. 그렇지만 알고 있다. 얼마 안 있어 남편은 또다시 나보다 몇 발 앞서 걸어나갈 테고, 나는 점점 힘에 부쳐 우리는 또다시 간격이 벌어질 것이다.

우리가 걷는 이 길이 가벼운 산책길이었다면 서로의 발걸음을 배려하며 걸을 수 있겠지만, 순례길은 다르다. 10분, 20분 걷고 끝나는 길이 아니기에 결국에는 자기 본연의 속도로 걷게 된다. 그래서 매일 아침 알베르게를 나설 때는 서로의 발걸음에 맞춰 으쌰으쌰하고 나란히 서서 걷지만 오후 무렵에는 언제나 내가 남편의 뒤꽁무니를 쫓아가는 형국이 되고는 한다. 그 편이 서로에게 편하기 때문이다. 서로의 속도에 맞춰 걸을 것을 강요하지 않고, 또 서로에게 맞추려고 너무 애쓰지도 않고. 각자 적절한 거리를 유지하며 본인의 속도대로 걸을 수 있을 때, 그때 비로소 우리의 관계 또한 가장 편안해진다는 것을 걸어보고 나서 알았다. 그건 나와는 다른 사람에 대한 존중이었다.

평소에는 크게 느끼지 못했었는데, 순례길을 걷기 시작하고 나서야 나는 나와 남편이 얼마나 많이 다른 사람인지를 깨닫게 됐다. 하나부터 열까지 모두 달랐다. 생각하는 것과 행동하는 방향도 다르고, 식성, 휴식 습관, 체력, 정신력도 달랐다. 이렇게 다른 사람과 그동안 별 탈 없이 원만한 연애와 결혼 생활을 이어갈 수 있었던 것은 순전히 남편의 배려 덕분이었다는 것도 이곳에 와서야 알게 됐다.

"여보, 먼저 가. 나 뒤따라갈게."

쌩쌩한 오전에는 함께 발걸음 맞춰 걷다가 점점 체력이 부치면 나는 남편에게 늘 먼저 가라고 한다. 나를 챙기느라 자신의 속도대로 걷지 못했던 남편은 그제서야 저벅저벅 앞을 향해 걸어간다. 산티아고 순례길은 남편의 버킷 리스트였으니 나는 남편이 이 길을 온전하게 자신의 방식으로 걸었으면 하는 마음이

다. 나는 나대로, 남편의 뒤에서 배낭의 무게에 짓눌리지 않을 만큼의 속도로 걸으며 나만의 까미노를 즐긴다. 그렇게 각자의 길을 걷다가 함께하고 싶어지는 순간이 오면 다시 서로의 발걸음에 맞춰 나란히 걷기도 하면서 함께 걷지만 각자 걷는 길, 각자 걷지만 늘 함께하는 길이 그렇게 조금씩 완성된다.

신혼은 무조건 서로 옆에 꼬옥 붙어 있어야 되는 시기인줄로만 알고 살았다. 때로 혼자 있고 싶어지는 순간이 찾아오면, 괜한 죄책감과 미안함에 내색도 못하고 혼자 끙끙 앓았다. 이제는 안다. 하나부터 열까지 모든 것이 다른 남편과 나는 어떻게보면 서로가 서로에게 타인일 뿐인데, 24시간 내내 함께 붙어있으면서 일거수일투족을 모두 공유하는 것이야말로 부자연스러운 일이라는 것을 말이다. 앞으로는 순례길을 걷는 지금처럼 살아가고 싶다. 남편으로서, 아내로서 서로의 역할에 충실하면서도 각자의 시간과 속도를 존중해주면서.

Day 7

- 에스테야
  Estella

- 비야마요르 데 몬하르딘
  Villamayor de Monjardín

버거웠던 하루

순례길을 걸은 지 7일차, 짧은 시간이지만 그동안 우리에게 많은 변화가 있었다. 그 중 하나는 우리 체력의 변화다. 남편도 나도 몸 상태가 썩 좋지 않다. 양치를 했을 뿐인데 잇몸에서 피가 나고, 발목을 삐끗한 것도 아닌데 저녁쯤이면 다리를 절게 된다. 그저 발에 물집만 잡히지 않았을 뿐, 현재 우리 부부의 몸 컨디션은 완전히 바닥이다. 이 상태대로라면 800km를 걸어서 완주할 수 없을 거다. 잠시 쉬어가야 할 타이밍인 것 같다. 순례길 시작 이후 처음으로 오후 한 시라는 이른 시각에 걷는 일정이 끝났다. 다른 사람들보다 걸음이 느려서 늘 숙소에서 마지막 남은 침대를 차지했던 우리가 오늘은 무척 여유로웠다. 숙소에 체크인하기까지 시간이 남아 이 작은 마을의 사랑방 역할을 톡톡히 하는 바에 가서 커피도 한 잔 하고, 마을 산책도 했다. 모처럼 한적한 시간을 즐겼다.

오늘 머물게 된 알베르게는 조금 독특했다. 순례자를 위한 자원봉사 단체에서 운영하는 곳이었는데, 소규모 가족처럼 화기애애한 분위기를 풍겼다. 친절한 환대가 인상적이었지만, 어쩐지 나는 무어라 설명하기 어려운 불편한 느낌이 있어 여유 있게 마을에 도착했음에도 알베르게 안에는 들어서지 못하고 근처만 뱅뱅 돌았다.

저녁 식사 시간이 되어서야 깨달았다. 이곳은 내가 올 곳은 아니었구나, 하고. 나는 순례자들이 비교적 잘 머물지 않는 작은 마을에서 혼자 조용히 느긋한 시간을 보내고 싶어서 이 곳에 머물기로 한 건데, 이곳은 그동안의 알베르게보다도 더 익명성을 보장받을 수 없는 곳이었다. 정해진 시간에 맞춰 긴 테이블에 다 같이 앉아 인사를 하고, 서로 이야기를 나누며 저녁 시간 내내 순례자용 코스 요리를 먹어야 하는 곳. 음식을 다 먹었어도 내 마음대로 일어날 수 없고, 조금이라도 음식을 남기면 질문과 불편한 시선이 따라오는 곳이었다.

"왜 안 먹니? 배 안고프니?"

"오늘 조금 피곤해서 그래."

"넌 원래 피곤하면 밥을 안 먹니?"

"……"

게다가 오늘은 '오렌지 킹(누군가 뜻을 설명해줬는데 알아듣지 못했다)'이라 불리는 사람의 생일 기념으로 '오렌지 파티'를 했다. 다 같이 큰 소리로 노래를 부르고 테이블을 탕탕 치고 기념사진을 찍으며 흥겨운 시간을 보냈다. 나 역시 눈치껏 활짝 웃고 다른 이들을 따라 몸을 들썩거렸지만 그 순간 정말 울고 싶었다. 사실 헛웃음이 나올 만큼 괴로웠다. 체력적으로 너무 지쳐 아무것도 하고 싶지 않은 내게 다양한 나라에서 온 사람들과의 신나는 파티는 역시 무리였다. 단 1분 동안만이라도 아무 말도 하지 않아도 되고, 억지로 웃지 않아도 되는 나 혼자만의 개인 공간과 시간을 갖고 싶었다. 걷는 것만으로도 힘든데 숙소에서 보내는 시간조차 버거웠다. 급기야 이런 생각까지 들었다. '난 무엇 때문에 이 길을 걷는 걸까. 아무 의미 없다.'

내가 왜 이 길을 걷는지 아직도 잘 모르겠다. 매일매일 걷고 또 걸으면서 생각해보지만 의미가 생겼다가도 사라지곤 한다. 길을 걷다 찍는 사진 속 내 모습을 보면 웃는 것 같기도 하고 우는 것 같기도 하다. 그래서 사진 속 내 얼굴을 들여다볼 때면 자꾸만 울컥한다. 오늘 식사 전 다 같이 기도를 드리는 시간에도 난 종교도 없고 기도 내용을 알아듣지도 못하는데도 오늘 힘들었던 하루가 생각나면서 울컥했다. 하마터면 그 자리에서 눈물을 쏟을 뻔했다.

우리 부부가 배정된 방은 4인실로, 우리 부부 외에 프랑스에서 온 모녀가 함께 썼다. 비 오는 날 쉼터에서 만났고, 그 뒤로 길 위에서 마주칠 때마다 인사를 나누곤 했던 모녀 순례자. 오늘 저녁 식사시간에 그들은 보이지 않았다. 저녁 식사 초대를 거절하고 간단하게 슈퍼에서 사다 먹었다고 한다. 그들도 나만큼이나 조용하게 개인적인 시간을 원하고 있는 듯해서 더 이상 대화를 길게 나누지 못했지만, 나는 새삼 작은 깨달음을 얻었다.

내가 원치 않을 때는 거절해도 된다는 것을. 이 길 위에서 다른 이를 배려하는 만큼이나 내가 나 자신을 배려해주어야 한다는 것을 말이다.

내게 찾아온 손님, 베드버그

드디어 올 것이 왔다. 밤에 깊이 잠든 사이에 베드버그에 물린 것 같다. 갑자기 손목과 목 부근이 미친 듯이 가려워서 잠결에 아무 생각 없이 벅벅 긁었다. 그러다 느낌이 이상해서 눈을 번쩍 떴다. 긁던 손목을 휴대폰 불빛으로 비춰보니 이미 발갛게 부어올라 있다. 물린 자국이 많았는데 꽤나 규칙적으로 정렬된 모양새다. 혹시 이게 말로만 듣던, 그 명성이 자자한 베드버그님? 서둘러 인터넷으로 검색을 했다. 검색된 사진 속 베드버그에 물린 자국과 내 팔에 물린 자국이 엇비슷해 보였다. 몇 년간 배낭여행을 다니며 한 번도 겪어보지 않은 베드버그를 순례길 여정 일주일 만에 만나게 되다니. 그것도 육체적 정신적으로 이토록 힘든 시기에. 두 눈이 번쩍 뜨였다.

어서 정신 차려야 해!

덕분에 이른 기상을 했다. 서둘러 마당으로 나가 침낭과 외투를 탈탈 털어 정리하고, 입고 있던 모든 옷을 벗어 비닐봉지에 따로 담았다. 오늘은 되도록 빨리 걸어가서 숙소 체크인을 하고 모든 소지품과 옷들을 세탁해서 햇볕에 말리기로 했다(인터넷에서 찾은 베드버그 퇴치법이다).

양손 가득 옷가지가 담긴 비닐봉지를 대롱대롱 매달고 걷는 오늘의 길. 시작부터 축축 처진다. 남편의 작은 농담도 받아주지 못할 만큼 나는 몹시 지쳐있었다. 숙소가 너무 추워서 밤새 충분한 수면을 취하지도 못한 상태인데, 게다가 베드버그라니, 오늘 숙소에 도착해서도 쉬지 못하고 소지품과 옷가지들을 세탁하고 또 말릴 생각을 하니 벌써부터 너무 피곤하다. 유난히 가려운 팔목을 박박 긁어가며 약국은 또 언제 찾나, 더 아파지면 어쩌나, 베드버그가 배낭에 딸려 와 알을 깠으면 어쩌나 등등 생각이 꼬리에 꼬리를 물고 이어졌다. 이제는 정말 그대로 주저앉아 엉엉 울어버리고 싶은 심정이었다. 매일 체력적 한계에 이르러 울컥할 때마다 꾸역꾸역 참으며 눈에 힘주고 걸어온 길이었다. 나는 무슨 부귀영화를 누리겠다고 여길 와서 이 고생인 거지? 다 포기하고 이젠 그만 멈추고 싶어졌다. 베드버그도 무섭고, 더는 사람들과 부대끼는 것도 싫고, 몸도 너무 힘들다. 드디어 그만둘 수 있는 명분이 생겼다. 만약 남편은 남아서 끝까지 걷고 싶다고 한다면, 나는 근처 포르투갈이나 스페인에서 혼자 여행하며 기다리면 되겠다는 결론까지 섰다.

한 발 앞서 걷고 있는 남편을 불러 세웠다.

"여보, 나 너무 힘들어. 순례길 그만 걷고 싶어. 이제 그만 할래."
"힘들지? 살면서 이렇게 오래 걸어본 적도 없는 여보가 나 때문에 정말 고생이 많네."

내 마음을 단번에 알아주고 어루만져주는 남편의 말 한마디에 코끝이 찡해졌다.

"그런데, 정말 그만 걷고 싶은 거야?"

막상 그렇다는 대답이 단번에 나오지 않았다. 오히려 너무 쉽게 그만 걷겠다는 말을 입 밖으로 꺼낸 내가 부끄럽고 창피해졌다. 나를 몰아붙이는 벅찬 업무나 숨통을 쥐고 흔드는 심각한 사안도 아니고, 고작 이 순례길을, 고작 일주일 걸어놓고,

고작 베드버그에 조금 물렸다고 해서 '나 그만 둘래'라고 말하는 꼴이라니. 쥐구멍이 있다면 숨고 싶었다. 분명 혼자 속으로 생각할 때는 세상 모든 게 심각했는데 입 밖으로 꺼내고 나니 초라하고 볼품없어졌다.

나는 여태껏 늘 도망치며 살았다. 당시에는 너무 힘들어서 그저 그 상황을 빨리 빠져나오고 싶어 줄행랑치느라 알아채지 못했는데, 되돌아보면 늘 힘든 상황에서 조금 더 버텨볼 생각은 하지 않고 도망치는 선택지만 안고 살아온 사람이었다. 그런 내 모습을 인정하고 싶지 않았지만, 지금 이 순간 그게 나라는 게 절절히 느껴졌다. 늘 도망치는 사람. 힘든 건 안 하는 사람. 견디지 못하는 사람. 약골.

그런데 어쩐지 이번에는 조금 다르고 싶어졌다. 시작은 남편의 제안이었지만 함께 걷기로 한 것은 나의 선택이었다. 힘들다고 생각했던 이유들이 사실은 굉장히 볼품없고 초라한 핑계일지도 모른다는 생각이 든 순간, 나는 이상하게 용기가 났다.

"아니. 조금 더 걸어볼게."

진짜 더는 버티기 힘든 순간이 오면 그때 그만두어도 늦지 않다. 일단 오늘만이라도 조금 더 걸어보자, 그런 결심을 했다. 남편의 뒤에서 혼자 흙길을 걸으며 차근차근 생각을 정리해봤다. 지금 이 상황에서 나를 가장 힘들게 하는 것은 무엇인가? 베드버그에 물린 것. 그러나 이건 이미 일어난 일이고, 더 이상 되돌릴 수도 손을 쓸 수도 없다. 그 알베르게에 묵지 말걸, 침낭 단속을 좀 더 단단히 하고 잘걸, 자기 전에 매트리스 확인을 해볼걸, 하며 과거의 선택이나 결정을 후회하고 자책해봤자 달라지는 것은 없고 현 상황에 아무런 도움이 되지 않는다.

그렇다면 지금 내가 할 수 있는 것을 찾아보자. 아직 가려움이 심하지 않으니 일단 숙소에 도착하면 제일 먼저 옷과 소지품을 모두 꺼내어 살균 소독을 하자. 이미 물린 걸 되돌릴 순 없지만 재발을 방지할 수는 있으니까. 그리고 증상이 심해지면 약국에 가서 약을 구입하자. 그리고 앞으로는 숙소에서 체크인하기 전에 벌레가 있는지 꼼꼼히 확인하고, 후기도 잘 살펴보면서 조심하자.

이렇게 단순하게 생각하고 정리하니 마음이 이내 차분해졌다. 그제야 길 위의 풍경이 다시 보이기 시작했다. 그간 나의 터무니없는 투정을 받아주고 내 무거운 짐까지 넘겨 받아 걷느라 힘들게 걷고 있는 남편이 보였다. 순례길은 내가 원했던 여행이 아님을 누구보다 잘 알고 있기에 내가 힘들어할 때마다 늘 미안해하던 남편이었다. 고마운 남편의 존재.

이상하다. 분명 나의 상황은 오늘 아침과 하나도 변하지 않았는데, 기분이 조금씩 나아졌다. 이따금 불어와 이마에 맺힌 땀을 식혀주는 산들바람도 좋고, 두 눈이 시원해질 만큼 푸르고 넓은 언덕의 풍경을 감상하는 것도 좋게 느껴졌다.

모든 소지품을 바닥에 꺼내 놓고 햇볕에 말릴 수 있는 것들은 몽땅 말리고, 세탁 가능한 것들은 모조리 세탁기에 넣었다. 알베르게에 있는 건조기가 고장 나서 쓰지 못한 게 아쉽지만 오늘 난 최선을 다했다. 여러 번 세탁을 하고 나니 어느덧 하루가 다 갔다.

온통 부정적인 생각으로 가득했던 아침. 순례길을 걷기 전 내가 가진 두려움 중 하나는 베드버그에게 물리는 것이었다. 그렇게 두려워했던 일이 실제로 닥치자 어쩔 줄 몰라 했다. 그러나 걱정했던 것과 달리 생각보다 큰 일은 일어나지 않았다. 조금 놀랐을 뿐이다. 시간이 지나 두드러기가 퍼지거나 가려움이 심해질지도 모르지만 일단 오늘은 참을만하다. 이제 내일 걱정은 내일 하기로 한다. 오늘은 오늘의 일만 해결하고 자면 된다.

산티아고 순례길을 무조건적으로 낭만적이고 아름다운 곳이라고 포장하고 싶지 않다. 생각보다 육체적, 정신적으로 고통스럽고 피곤한 순간들이 많다. 매 순간이 낯섦의 연속이다. 환경도, 만나는 사람들도 낯설지만 가장 낯선 것은 그동안 몰랐던 나 자신과의 대면이다. 나도 몰랐던 날것의 내 감정, 생각, 모습과 자주 만난다.

처음에는 그저 무사히 다치지 않고 이 길을 완주할 수 있기만을 바랐지만 이제 산티아고 대성당까지의 완주는 내게 별로 중요치 않아졌다. 이 길을 어떤 마음을 가지고 걷느냐가 더 중요해졌다. 아까 오후에 빨래를 널면서 나는 내게 주어진 퀘스트를 하나 깼다는 느낌이 들었다.

걷다가 벤치에 앉아 쉬고 있는데, 지나가던 순례자가 걷던 길을 되돌아와서 내게 카메라가 있는지 물었다. 지금 너희들이 있는 곳의 모습이 꼭 '파라다이스' 같다며, 사진을 찍어주고 싶다고 했다. 어리둥절해하며 주머니에서 핸드폰을 꺼내어 건넸다. 그녀가 찍어준 사진 속 우리의 모습은 정말 행복해 보였다. 뭐든 멀리서 보면 희극, 가까이서 보면 비극이라는 말이 딱 맞는구나. 그런데 여기, 정말 파라다이스 맞아요?

Day 9

● 로스 아르코스
Los Arcos

● 비아나
Viana

약국 앞 벤치에 나란히 앉아

"어제가 끝이 아니었던 거야?"

일어나자마자 남편에게 SOS를 보냈다. 온몸이 가렵다 못해 따갑고 쓰라렸다. 밤새 팔과 목, 얼굴에까지 베드버그 물린 자국이 번졌다. 얼굴은 물린 자국들로 얼룩덜룩해졌고, 심한 곳은 수포까지 생겼다. 속상한 건 그렇다 치고, 일단 처음 겪는 베드버그의 맹렬한 공격이 너무 무서웠다. 언제 어디까지 이 자국들이 번져나갈지, 새로 나타난 물린 자국들은 어제 물렸던 건지 아님 베드버그가 이곳까지 나를 따라와서 어딘가에 숨어 있다가 밤에 나를 물어뜯은 것인지. 공포가 말도 못하게 커졌다. 베드버그에 대해 잘 모르는 건 남편도 마찬가지였으므로 우리는 뾰족한 수를 떠올리지 못했다.

일단 걷자. 일단 오늘치의 걸음은 걸어야 한다. 머릿속은 아득하지만 서둘러 짐을 챙겨 나왔다. 막막함과 공포심에 눌려 우리 주변의 공기는 물에 젖은 솜이불처럼 무거워졌고, 수포가 옷깃에 스칠 때마다 그 부위가 점점 더 커졌다. 카페에 들러 커피를 마시며 마음을 가라 앉히고, 근처 약국에 들려 연고를 샀다. 침울한 표정으로 약국 앞 벤치에 앉아 연고를 바르고 있는데, 누군가 옆에서 박장대소하며 웃는 소리가 들렸다. 설마 나를 보고 웃는 건가 싶어서 고개를 들어 웃고 있는 아저씨를 봤다.

아저씨는 벤치에 앉더니 방금 약국에서 산 듯한 연고를 꺼내어 양말을 휙 벗고 발목에 연고를 덕지덕지 바르기 시작했다. 그 순간 눈이 마주쳤다. 약국 앞 벤치에 나란히 앉아 약을 바르고 있는 우리 둘의 처량한 모습에 웃음이 빵 터졌다. 말은 통하지 않지만 그 순간 묘한 동질감을 느꼈다. 게다가 이 아저씨는 약국에 오기 전 카페의 옆 테이블에서 커피를 마시고 있던 아저씨였다. 우리 둘 다 치료보다는 먹는 게 우선인 순례자였다. 한참을 웃고 나니 무거웠던 마음은 다 날아가버리고 베드버그에 물린 것쯤이야 아무 것도 아니지, 하고 가볍게 넘길 수 있는 기분이 되었다.

말로는 늘 지금보다 더 가볍게 살고 싶다고 떠들어대지만 정작 내가 정말로 가볍게 살고 있는가에 대해 한번도 진지하게 생각해본 적이 없던 것 같다. 가벼운 삶을 추구할 때, 물건을 줄이고 일을 줄이는 것도 중요하지만 내 힘으로 해결할 수 없는 상황을 마주하면 그 상황을 어떻게 받아들이고 행동할 것인지도 중요하게 생각해 볼 부분인 것 같다. 아직 걸어야 할 날이 더 많은 순례길 위에서, 다리를 삐끗해서 퉁퉁 부은 발을 부여잡고 커피를 마시고 연고를 바르며 호탕하게 웃던 아저씨는 정말 그 상황이 아무렇지 않아서 웃었던 건 아닐 거다. 아저씨와 한바탕 호탕하게 웃은 덕에 나도 다시 힘을 내어 걸어보기로 했다.

그럼에도 불구하고

"조금만 쉬다 가자."

베드버그 약을 바르며 함께 웃던 아저씨와 작별하고 한참을 다시 걷던 중, 남편의 말에 털썩 길바닥에 주저 앉았다. 그늘 한

점 없는 땡볕에서 오래도 걸었다. 이미 너무나 버거운 몸 상태로 앞으로 다음 마을까지 꽤 오래 더 걸어야 하는 상황을 생각하자, 갑자기 눈물이 왈칵 쏟아졌다. 한번 터진 눈물은 멈출 줄 모르고 계속 흘렀다. 주저앉은 자리에서 도저히 일어날 수가 없다. 일어설 힘조차 남아있지 않았다. 그런 나를 가만히 지켜보던 남편이 말했다.

"오늘은 이만 버스 타고 가자."
"그러고 싶지 않아."

지금 당장 이 상황을 회피하고 싶은 마음에 버스를 탄다고 해서 이 문제가 해결되진 않는다. 내가 스스로 극복하지 않는 이상 나는 내일도 모레도 걷다가 무너질 만한 상황이 오면 또 무너지고, 또 울 거다. 그럴 때마다 버스를 탈 순 없다. 이번만은 도망치는 사람이 되고 싶지 않다. 왜 그런 생각이 들었는지 모르겠지만, 그냥 그러고 싶다.

한참을 울고 나니 많이 차분해졌다. 견고하지 못해 늘 위태위태한 감정선에서 내가 할 수 있는 건 아무것도 없다고 생각했다. 나는 나고, 내 기분은 내 기분이니까. 어떤 감정이든 지나갈 때까지 그저 기다려야 하는 거라고 생각했다. 하지만 아니었다. 지극히 이성적인 방법으로 부정적인 감정의 소용돌이에서 얼마든지 벗어날 수 있었다. 객관적으로 상황과 내 감정을 바라보기. 지금 당장 변화시키기 위해 내가 할 수 있는 것을 찾아 행동하기. 감정의 소용돌이에서 내가 빨리 빠져 나오려면 무엇보다 내가 노력하는 게 중요하다는 것을 느꼈다. 나의 아픔을 위해, 고통을 위해, 내 감정을 위해 그 누구도 내게 해줄 수 있는 것은 없다. 오로지 나 자신만이 나를 위해 뭔가를 할 수 있다. 이런 것들을 나는 길 위에서 처음으로 몸으로 배우고 있는 중이다. 남편과 함께 걷는 길이지만, 나는 나 자신과 사이 좋게 지낼 수 있는 방법을 홀로 다시 배우고 있다.

동화 속에서 막 튀어나온 것 같은 비현실적인 장면을 마주했다. 마음을 다스린 직후, 벤치에 앉아 챙겨온 점심을 먹고 있던 참이었다. 딸랑딸랑 종소리 같은 게 울리더니 저 멀리서 양치기 개와 주인이 함께 수백 마리의 양떼를 몰고 있는 모습이 보였다. 처음 보는 광경에 넋을 놓고 있는데 양떼가 점점 가까워지고 있었다. "우리 쪽으로 오고 있어! 여보, 양들이 우리에게 오고 있어!" 나는 흥분한 목소리로 남편에게 소리쳤다. 뿌연 흙먼지 가득 몰고 오는 양떼가 점점 더 가까워져 오는데 어쩌지 어쩌지 하고 당황하고 있는 찰나, 소란스러운 먼지 바람을 일으키며 말 그대로 수백 마리의 양떼가 내 눈앞에서 내 옆을 스쳐 내 뒤로 순식간에 지나갔다.

우리가 있건 말건 바삐 자기 갈 길 가는 양떼도 신기하고, 그 짧은 찰나에 우리가 있는 자리가 온통 양들의 똥으로 가득해진 것도 신기했다. 말로 다 표현할 수 없을 만큼 경이로운 풍경이었다. 내가 언제 또 이런 경험을 해볼 수 있을까. 그 순간 우울한 감정도, 아픈 몸도 새카맣게 잊어버리고 환희에 찬 얼굴로 남편과 마주 보았다. 굳이 말하지 않아도 서로 알 수 있었던 마음이 그곳에 남았다.

"우리 여기 오길 잘했다. 나 데려와줘서 고마워."

신비로운 산티아고 순례길. 오늘 하루 만에 날 몇 번이고 웃고 울고 또 웃게 한 순례길. 이러다 엉덩이에 뿔 나는 거 아닌가 모르겠다. 분명 다 지나고 나면 엄청 그리워질 것 같다, 지금 이 순간이.

Day 10

까미노 위의 천사들

바지가 사라졌다. 어제 손빨래하고 덜 마른 바지를 오늘 아침에 출발할 때 분명 내 배낭 위에 걸어뒀었는데(미처 다 마르지 않은 빨랫감을 배낭에 매달고 걷는 것은 순례자의 공식 룩이다). 뒤따라 걸어오던 남편이 내 배낭 위에 있던 바지는 어쨌냐고 묻기 전까지 나는 나의 유일한 잠옷이자 딱 하나밖에 없는 반바지가 사라진 줄도 모르고 있었다. 아뿔싸. 원래도 물건을 잘 잃어버리는데, 이곳에서도 여전했다. 길가에 흘렸을 바지를 찾기 위해 열심히 걸어온 길을 다시 되돌아갈 생각을 하니 한숨이 나왔다. 고개를 돌려 슬쩍 지나온 길을 바라보니 바지처럼 보이는 물건은 없고, 이 땡볕에 어디까지 되돌아 걸어야 할지 막막했다. 그래서 나는 그냥 아주 쉬운 선택을 하기로 했다. 잃어버린 바지를 아예 안 찾는 걸로! 이제 내게 남은 하의는 두 개다. 레깅스 하나와 추리닝 바지 하나.

"바지가 두 개니까, 하루씩 번갈아 입으면 되겠다. 가방 무거웠는데, 옷 하나 줄어들고. 오히려 잘 됐지 뭐. 그치 여보?"

잘 된 거라며 애써 스스로를 위로해보았지만 속마음은 여전히 바지에 대한 마음을 아직 못 접었나 보다. 마주치는 순례자마다 혹시 걸어오면서 파란색 반바지 떨어진 거 못 봤냐고 질척이며 물어보곤 했다.

"여보, 누가 우리 뒤에서 걸어오면서 우연히 내 바지를 주웠음 좋겠다. 그래서 나한테 혹시 이 바지 네 거니? 하고 물어봐 줬으면 좋겠어. 다들 같은 길을 걸어오는데 그런 일 일어날 수도 있지 않을까?"

아무 기대 없이 농담처럼 했던 말이었다. 까미노 위에는 언제나 천사가 있다던데, 혹시 그 천사가 내게도 찾아와주지 않을까, 하는 생각을 잠시 했다. 말도 안 된다는 듯한 표정으로 앞서 가는 남편을 뒤따라 걷고 있던 그 순간, 누군가 뒤에서 나를 불렀다. 독일에서 왔다는 순례자 단체였다.

"혹시 이 바지 당신 거예요?"
"어? 맞아요! 이거 제 거예요. 제 바지예요. 말리느라 배낭에 걸어뒀는데 잃어버려서 내내 생각하고 있었어요."
"찾았네요. 휴우, 누군가에게 하나밖에 없는 바지일까 봐 오면서 계속 주인을 찾고 있었어요."
"정말 감사해요."
"내가 당신의 까미노 천사였네요."

신기한 마음도 잠시, 너무 기뻐서 방방 뛰며 좋아하다가 내가 당신의 까미노 천사였다는 말에서 멈칫했다. 코끝이 조금 찡해졌다. 바지를 되찾은 기쁨보다 바지를 잃어버리고 곤혹스러워 할지도 모르는 사람을 위해 바지를 찾아주려고 이 길을 걸어왔을 그 천사 같은 마음이 더 묵직하게 다가왔다.

독일에서 왔다는 이 순례자의 마음이 어떤 건지 나 역시 잘 알고 있었다. 며칠 전 알베르게에서 한국어가 적힌 선크림이 바닥에 떨어져 있는 걸 발견했다. 딸과 함께 걷고 있는 아저씨가 늘 바르던 선크림인데 급하게 나가느라 깜박 잊고 두고 간 것 같았다. 자외선이 강한 순례길 위에서 선크림이 없으면 꽤 곤란할 텐데. 혹시 우연히 마주치게 된다면 돌려줄 요량으로 내 배낭 안에 넣고 걸었다. 그날은 길 위에서 아저씨를 마주칠 지도 모른다는 생각으로 걷는 내내 나의 목이 미어캣처럼 자꾸만 올라갔다. 다행히 그 날 저녁 우리는 같은 알베르게 옆 침대를 배정 받아 다시 만났다. 신기한 인연이었다. 선크림은 하루만에 자기 주인을 찾아갔고, 선크림을 잃어버린 줄도 몰랐던 아저씨는 고마워했다. 그 뒤로도 우리 부부는 여러 번 잃어버린 물건을 주인에게 되찾아주었고, 그럴 때마다 나는 누구보다 크게 기뻐했다.

물건을 진짜 찾아줄 수 있을 거라 생각하지 않으면서도 혹시나 하고 행했던 선행은 우연 속에서 늘 신속하게 이뤄지곤 했다. 믿을 수 없는 일이지만, 그 믿을 수 없는 일이 이 순례길 위에서는 곧잘 벌어졌다. 그리고 이제는 나 역시 누군가가 찾아준 물건을 받아 들고 너무 고마워서 코끝이 찡해지는 순간이 찾아온 것이다. 이것이 까미노였다. 까미노 위에 천사가 있다는 말은 진짜였다. 나는 그 천사가 신이 내려주시는 천사인 줄 알았는데, 어쩌면 이곳에서는 모두가 서로의 천사일지도 모르겠다.

잠시 쉬어가도 괜찮아

로그로뇨에서 며칠 숙박하며 휴식을 갖기로 했
다. 까미노 길을 걷기 시작하고 나서 처음으로 걷지 않는 날. 눈
을 뜨니 이미 해가 중천에 떠 있다. 누군가의 부스럭거리는 소
리도, 시끄러운 알람 소리도, 이를 가는 사람도, 코를 고는 사람
도 없는 호텔 더블 룸에서 오래간만에 아주 긴 숙면을 취했다.

"일어날까?"
"으음, 아직은 싫어."

오늘은 이른 체크아웃을 할 필요도, 급하게 떠나 걸을 필요
도 없으니 한껏 늘어지기로 했다. 솜사탕처럼 폭신한 침대 속

에서 볼에 닿는 이불의 보드라운 감촉을 느끼며, 나는 여러 번 다시 선잠에 들었다. 그동안 침대도, 이불도 모두 내 삶에서 한 번도 없이 지내본 적 없는 너무도 당연한 것들이었는데, 베개와 이불 없이 침낭 안에 들어가 자는 까미노 생활 며칠 만에 이 것들은 낯설면서도 감사한 것으로 바뀌었다. 그러니까 나는 가능하면 더 많이, 더 오래 이 포근함을 음미하고 싶다.

이제 나가서 밥이라도 먹고 오자는 남편의 말에, 아직은 이불과 헤어지기 싫은 마음을 뒤로 하고 밖으로 향했다. 맛있는 것을 먹고 싶다고 하자 호텔 리셉션에서는 로그로뇨에 왔으면 타파스 거리를 꼭 가봐야 한다고 강력하게 추천했다. 누가 봐도 관광객으로 이 곳에 온 게 아닌 우리 부부에게, 호텔리어는 친절하게도 로그로뇨 도심이 그려진 귀여운 지도에 타파스 거리를 비롯해 여러 관광지를 색연필로 체크해주었다.

어차피 할 일도 없는데 오늘 관광 한번 해보자 싶어 가게마다 특색 있는 타파스를 판다는 거리로 향했다. 식사 시간이 아니었음에도 타파스 거리는 사람들로 북적거렸다. 그곳에서 나는 내 인생 최고의 양송이 타파스를 만났다. 올리브유가 흥건한 철판 위에 꼭지를 딴 양송이 버섯 수십 개를 굽다가 사정 없이 소금을 팍팍 뿌리고 익힌 뒤, 바게트 조각 위에 이쑤시개로

버섯 세 개를 꼭꼭 끼워주는 양송이 타파스. 첫 입에 잠이 덜 깬 눈이 번쩍 뜨였고, 두 번째 입에 오오오 하는 긴 감탄사가 나왔고 세 번째 입에 기념사진을 찍었다. 이 행복한 순간을 절대 잊지 않고 싶었다. 타파스에 와인 한 잔을 걸치고 나니, 오늘 하루가 한 옥타브쯤 유쾌해졌다. 더는 포근한 이불 속이 아쉽지 않았다. 이왕 이렇게 나온 거, 모처럼의 여유로운 시간을 한껏 누려볼 작정이다.

와인 한 잔에 얼굴이 발그레해져서는 남편과 손 잡고 발길 닿는 대로 걷기 시작했다. 스페인의 5월 햇살은 아주 넉넉했다. 오래도록 걷기엔 꽤나 버거웠을 테지만, 설렁설렁 구경 다니는 게으른 여행자에겐 천상의 날씨였다. 한참을 걷다가 음악소리가 들려오는 잘 가꿔진 공원에서 걸음을 멈췄다. 태어난 지 얼마 안 돼 보이는 아주 작은 아기와 부모, 그들의 친구들이 봄의 소풍을 즐기고 있었다. 오후의 여유를 즐기고 있는 그들을 보고 있으니, 사뭇 한국에 있는 가족과 나의 서울이 그리워진다. 그곳엔 베드버그도 없을 텐데 하는 생각에까지 미치자 한국이 견딜 수 없이 사무치게 그리워졌다. 코끝이 매워졌다.

나의 기분을 눈치 챈 남편이 내 손을 잡아 끌고 작은 카페로 데려갔다. 내가 달콤한 디저트와 커피 한 잔이면 마음이 살살

녹는다는 걸 연애 시절부터 남편은 잘 알고 있었다. 남편이 데려간 곳은 로부스타 로라 카페(Robusta Laura cafe). 기대는 하지 않았다. 순례길에 오기 전부터 유럽 커피가 맛있다고 익히 들어왔지만, 막상 매일 이른 아침에 만나는 동네 카페 커피 맛은 늘 투박하고 아쉬웠으니까.

"카페라테 한 잔, 맥주 한 잔 주세요."
"원두는 어떤 걸로 하시겠어요?"

원두의 종류를 고르는 카페라니! 2주 만에 커피 맛집을 찾은 걸까 싶어 기대감이 생겼다. 가격도 1.2유로로 무척 저렴했다. 한국에 대한 그리움이고 뭐고 간에 나의 기분은 한껏 고양되어 레몬 케이크도 추가로 고르며 신이 났다. 카페 테라스에 앉아 저물어가는 오렌지 빛 따스한 햇살을 쬐며 커피를 마셨다. 커피는 정말 맛있었다. 순례길에서 마신 것 중 가장 맛있었다. 나도 모르게 콧노래가 나왔다. 최고의 양송이 타파스에, 최고의 커피까지. 최고의 날이라고 말해도 될 것 같은 날이었다.

"꺄아, 민정 씨! 너무 오랜만이에요. 로그로뇨에 오늘 도착한 거예요?"

호텔로 돌아가는 길에 반대편 길에서 걸어오던 민정 씨와 마주쳤다. 민정 씨는 고등학교를 졸업하고 대학교 입학 대신 세계여행을 떠나기를 택한 당찬 소녀다. 한동안 길 위에서 안 보여 내내 마음이 쓰였는데 이렇게 로그로뇨에서 다시 만나 무척 반가웠다.

"언니는 늘 서로 맞춰줄 수 있는 남편과 함께 걸어서 그게 너무 부러워요. 저는 사람들 속도에 맞춰 걷는 게 조금 힘들거든요."

민정 씨는 마주할 때마다 늘 울 것 같은 표정이었다. 계속 혼자 여행을 다니다가 순례길에서 많은 한국인 친구를 사귄 게 기뻤던 민정 씨. 그들의 빠른 발걸음에 속도를 맞추며 걷다 보니 점점 버겁다고 했다. 애초에 그녀는 순례길을 걸을 계획이 없었기에 준비는 어설펐고, 경비도 빠듯했으며, 사이즈도 맞지 않는 무거운 등산화를 헐값에 사서 신고 다녔다. 지난 팜플로나 숙소에서 나는 민정 씨에게 물었다.

"민정 씨, 발도 많이 부은 것 같고 아무래도 무리인 것 같은데, 이렇게까지 힘들게 걷는 이유가 있어요?"

"음… 아직은 다시 혼자가 되는 게 조금 무서워요."

급기야 삐끗한 발목을 절면서까지 친구들과 나란히 걸으려는 모습을 보고 나니 마음이 너무 아팠다. 하지만 민정 씨가 어떤 마음으로 그렇게까지 걷는지 모르는 게 아니었기에, 내가 해줄 수 있는 조언은 없었다. "그럼 우리와 함께 걸어요!"라고 말하고 싶었지만 그 또한 민정 씨에게 답은 아니었다. 세상에는 자기가 몸으로 겪어내야만 알 수 있는 것들이 있다. 민정 씨는 어쩌면 지금 나처럼 자기 인생에 찾아온 성장통을 몸으로 겪고 있는 중일 지도 모른다. 내가 해줄 수 있는 건 그저 민정 씨의 이야기를 들어주고, 따뜻하게 안아주는 것뿐.

"언니, 실은 저 여기서 걷는 것을 멈출까 고민 중이에요. 친구들은 이미 다 떠났어요. 저는 어떻게 해야 할지 이제 어딜 가야 할지 모르겠지만, 일단 오늘 하루는 쉬면서 곰곰이 생각해보려고 해요."

며칠 만에 만난 민정 씨는 사뭇 달라져 있었다. 내가 힘들어도 계속 이 길을 걷기로 택한 것처럼, 민정 씨 역시 민정 씨만의 방향을 찾기 시작한 것 같다. 이건 아닌 것 같은데, 라는 생각이 들어 잠시 멈춰보기를 택한 것이다. 대화가 길어지며 민정 씨가 들고 있는 아이스크림 콘이 녹아 그녀의 손등으로 뚝뚝 흐르고 있었다. 손등의 아이스크림을 서둘러 핥아 먹는 아직 앳된 아기 같은 모습의 민정 씨가 드디어 해맑게 웃고 있었다. 우리는 마주 보고 웃었다. 어쩌면 마지막으로 보는 것일지도 모를 오늘의 민정 씨가 웃고 있어서 다행이었다.

순례길 여정 후반부에 민정 씨에게 연락이 왔다. 한동안 순례길을 벗어나 스페인 작은 마을을 여행했고, 다시 걷고 싶다는 마음이 생겨 까미노로 돌아왔다고 했다. 그 이후, 사진으로 만나는 민정 씨의 까미노는 이전과 완전히 달라져 있었다. 생기 있는 눈빛, 환한 얼굴, 어쩐지 단단해 보이는 분위기. 민정 씨는 성장통을 무사히 견디고 그녀만의 까미노를 걷고 있었다.

Day 12 • 로그로뇨
Logroño

베드버그 박멸의 날

입고 있던 바지 주머니에서 베드버그 시체가 나왔다. 오 마이 갓, 신이시여! 어제 저녁 무렵, 호텔 룸에서 마지막 여유로운 휴식을 취하고 있을 때 다리가 너무 가려워 무의식 중에 계속 벅벅 긁었다. 그런데 가려운 부위가 하나 둘 점점 늘어났다. 바지를 걷어 확인해보니 아침엔 없었던 붉은 반점이 여러 개 보였다. 설마 베드버그인가? 등골이 서늘해졌다. 서늘한 공포가 평화로웠던 나의 저녁 시간을 덮쳤다. 침대 앞에 있는 밝은 독서등을 켜고, 머리를 질끈 묶고, 두 팔 걷어붙이고 남편과 나의 소지품을 샅샅이 뒤지기 시작했다. 남편의 침낭과 내가 방금 전까지 입고 있던 바지 주머니에서 베드버그 시체가 한 마리씩 나왔다. 설마 지금까지 계속 베드버그와 함께하고 있었던 거야? 말도 안 돼! 기껏 다잡아가고 있던 나의 멘탈이 와르르 무너지는 순간이었다.

베드버그 물린 자국은 약 일주일 동안 계속 번져나간다는 인터넷에서 본 내용만 믿고서, 매일 붉은 반점이 좀 늘어나도 그러려니 하고 있었다. 그렇게 경계가 느슨해진 사이, 매일 밤 베드버그는 나의 신선한 살과 피를 빨아 먹으며 내 몸에 기생하고 있었다. 이 놈은 생각보다 훨씬 더 끈질기고 무서운 존재였다. 이제는 공포심을 넘어 증오심마저 든다. 세면대에 아주 뜨거운 물을 틀어놓고 바지와 옷들을 폭폭 담갔다. 버릴 수 있는 건 몽땅 다 버렸다. 그러고도 좀처럼 안심이 되지 않아 내내 환촉에 시달렸다. 자다가도 갑자기 몸에 벌레가 기어가는 느낌이 드는 것 같으면 핸드폰 불빛으로 이불 속을 확인해야 안심이 됐다. 좀처럼 편히 잘 수가 없었다. 베드버그 때문에 예정된 여행기간을 다 채우지 못하고 조기 귀국하는 사람들의 심정을 알 것도 같다.

"아아, 나 정말 이러다가 노이로제에 걸릴 것 같아. 간지러움을 참는 것도 힘들고. 이거 봐봐, 얼굴이랑 팔이랑 다리마다 꼭 전염병 걸린 것 같아 보여. 아직도 베드버그가 안 보이는 곳에 숨어 있으면 어쩌지? 너무 무서워."

그 무렵, 나는 정신적으로 너무나 피폐해지고 있었다. 며칠간
의 휴식으로 공들여 쌓은 멘탈의 성은 베드버그와 함께 와르르
무너졌다. 한 순간이었다. 무뎌지고 싶은데, 그게 마음처럼 쉽
게 되지 않았다. 베드버그에게 물리는 것은 너무 아프고, 가렵
고, 괴롭고, 그리고 여전히 너무 무서웠다.

"여보, 그럼 우리 로그로뇨에서 하루 더 묵는 건 어떨까? 지
난 번에 건조기 사용을 못해서 그런 것 같아. 여기 근처에 셀
프 빨래방이 있을 거야. 뜨거운 물에 세탁하고, 고온 건조 돌
리면 이번에는 절대 살아남지 못할 거야."

남편의 권유. 나쁘지 않은 전략이었다. 지난 번엔 망가질 것
같은 소지품들은 세탁하지 않고 햇볕 건조로 만족했었다. 그랬
더니 이놈들이 죽지 않고 살아남아 나를 계속해서 괴롭혔다.
이번에는 몽땅 다 건조시켜서 혹시라도 남아있을 베드버그의
알들까지도 모조리 죽일 작정이다. 고온에 물건이 망가진대도
상관 없어! 드디어 베드버그와의 마지막 전쟁을 선포한다.

아침에 일어나자마자 서둘러 호텔 체크아웃을 하고 미리 알아봐둔 셀프 빨래방으로 향했다. 베드버그 박멸의 날이다! 사뭇 진지한 얼굴을 하고 지금 입고 있는 옷을 제외한 모든 소지품들을 세탁기 안에 탈탈 털어 넣었다. 물세탁이 안 되는 것들은 모조리 건조기에 넣고 최고 온도로 돌렸다. 물세탁이 끝난 것들도 건조기에 넣고 고온건조시켰다. 빨래방에서 자그마치 세 시간을 앉아 있었다.

"앗 뜨거워! 여보, 이 정도면 진짜 베드버그가 아니라 베드버그 할아버지라도 못 살아남겠다!"
"그 대신 내 신발이 이렇게 작아졌어."

남편은 한눈에 봐도 아기 신발처럼 작아진 샌들 속으로 억지로 발을 우겨 넣다가, 모든 것을 다 내려놓은 듯 허탈한 웃음을 지어 보였다. 그런 남편의 등에 어쩐지 좀 크기가 작아지고 쭈글쭈글해진 배낭을 메어주자, 아주 아주 초라한 행색이 되어버렸다. 이게 바로 빈대 잡으려다 초가삼간 다 태운다는 걸까? 물건이 이렇게까지 비틀어지고 줄어들 정도로 뜨겁게 건조시켰으니 베드버그들이 살아남았을 리가 없다. 물건이 망가진 대신에 개운한 마음을 얻었다. 그거면 충분했다.

그날 밤, 욕실에서 손을 씻다가 거울에 비친 내 모습을 무심코 보고 흠칫 놀랐다. 고작 열흘을 걸었을 뿐인데 어느새 얼굴에는 주근깨가 가득했고, 매일 긴 외투를 챙겨 입었음에도 불구하고 얼굴부터 어깨, 손등까지 모조리 새카맣게 타버렸다. 베드버그에 물린 자국들까지, 정말로 못난이가 따로 없는 내가 거울 앞에 서 있었다. 한국에 있는 가족과 친구들이 보면 소스라치게 놀랄 모습이다. 여름이면 타지 않으려고 발버둥치며 중무장을 하던 나였으니까.

'지금 나, 진짜 촌스럽네' 하는 생각이 듦과 동시에 입꼬리가 씰룩씰룩, 웃음이 새어 나왔다. 분명 새카맣고 촌스럽고 못생긴 모습인데, 그런 얼굴을 하고는 마치 세상에서 걷는 게 제일 중요한 사람인 것처럼 지내고 있는 진지한 내가 마음에 들었다. 내게도 이런 모습이 있구나.

이 길 위에서는 누구나 오직 자신의 목소리에만 귀를 기울일 수 있는 넉넉한 시간을 선물받는다. 덕분에 이전에는 몰랐던 나의 새로운 모습들을 알아가고 있다. 매일 더는 못 걷겠다고, 너무 힘들어서 그만 포기하고 싶다는 생각을 하면서도 그 생각을 이겨내고 딱 하루만 더, 딱 오늘 하루만 더. 그렇게 매일 하루씩 걸음을 연장하며 걸어온 시간들이 내 몸에 새카맣고 촌스럽게 새겨져 있었다.

　등산화를 벗고 순례자가 아닌 여행자로 조금 긴 시간을 보내고 나니 이 순례길을 꼭 내 힘으로 걸어서 완주하고 싶다는 마음이 생겼다. 지금만 할 수 있는 이 경험을, 내게 주어진 이 기회를 가치 있게 쓰고 싶어졌다. 나중에 후회하고 싶지 않기에 도망치고 싶지 않다. 힘들어도 걷고, 울고 싶어도 걷고, 그만두고 싶어도 걷고, 아파도 걸었던 길. 이제는 설레는 마음으로 신나고, 기쁘고, 재미있는 순례길을 만들어보고 싶다. 내일 새벽 동 틀 무렵, 등산화 끈 바짝 당겨 신고 양 손에 폴대를 쥐고 남편과 나란히 걷게 될 길이 또다시 기대된다.

#1 호주에서 온 린다

길 위에서 나의 안부를 물어봐주는 사람이 있다는 건 굉장히 따뜻한 일이다. 호주에서 온 순례자 린다는 나를 마주칠 때마다 제일 먼저 이렇게 묻고는 했다.

"혜림, 오늘 컨디션은 어때? 괜찮아?"

그 다정한 질문은 늘 울상이던 나의 얼굴을 한순간에 꽃처럼 활짝 피게 해주는 마법의 주문이었다. 정말이었다. 녹아 사라져 버릴 것 같은 더위 속에서, 더는 못 걸을 것 같은 피로함에 찡그리고 투덜거리며 걷다가도 나의 어깨를 톡톡 두드리며 안부를 물어오는 린다의 해바

라기 같은 얼굴을 보면 나도 모르게 덩달아 웃게 됐다.

"혜림. 넌 어제보다 훨씬 더 잘 걷고 있어." 엄지 손가락을 치켜 세우며 환하게 웃어주고는 언제나 경쾌하게 앞으로 걸어 나가던 린다. 그 다음 날 길 한복판 어디에선가 또다시 우연히 만나면 린다는 어김 없이 내 어깨를 톡톡 두드리고 이렇게 이야기하고는 했다.

"혜림! 오늘 컨디션 어때? 오, 어제보다 훨씬 잘 걷고 있는걸?"

린다의 마법같은 주문은 내게 아주 효과가 좋았다. 뭘 해도 잘한다 잘한다 칭찬을 넉넉하게 쏟아 부어주는 엄마의 품속에서는 괜스레 더 잘하는 모습을 보여주고 싶은 아이처럼, 나는 린다 앞에서는 왠지 더 잘 걸어 보이고 싶었다. 그래서 정말로, 조금씩 더 잘 걷는 순례자가 되어갔다.
 어느 날 아침 식사를 하기 위해 방문한 카페 야외 테라스에서 린다 옆 자리에 앉게 되었다. 린다는 여느 때와 같이 환한 웃음과 함께 말을 걸어왔다.

"헤림, 난 오늘이 마지막 날이야. 이제 호주로 돌아가."

린다와 앞서거니 뒤서거니 하며 함께 걸은 지 열흘이 채 지나지 않은 날이었다. 너무 아쉬웠지만, 만나고 헤어지는 건 내가 어쩔 도리가 없는 일이었다. 린다는 덧붙여 말했다.

"앞으로 길 위에서 내 남편을 만나거든, 내가 없어도 잘 부탁해. 그이는 외로움을 잘 타서 순례자들이 인사해주는 걸 참 좋아하거든! 내가 먼저 떠나서 많이 외로울 거야."

뭐라고? 린다, 남편이 있었어? 린다가 오늘 떠난다는 것보다 남편과 함께 걷고 있었다는 말이 더 충격으로 다가왔다. 린다가 혼자 걷는 모습만 줄곧 봐왔기에 동행이 있다는 게 놀라웠고, 그게 남편이라는 사실에 더 놀랐다. 이곳에 함께 여행을 오긴 했지만, 각자의 속도대로 각자 걷다가 이렇게 카페에서 린다가 쉬고 있으면 뒤따라 걷던 남편과 자연스레 만나 같이 식사를 하거나 맥주를 한 잔 마시고 다시 각자 따로 움직이는 패턴으로 걷고 있다고 했다(심지어 이 말을 하는 그 순간에도 린다는 혼자 있었다. 남편은 아마 30분 쯤 뒤에 도착할 거라고. 하하).

부부는 뭐든 함께해야 한다고 생각했던 나에게 린다의 순례길은 신선한 생각의 전환이었다. 정말로, 내가 걷고 싶은 대로 그냥 내맡기며 걸으면 되는 길이었다. 꼭 누군가와 함께 왔다고 해서 계속 함께 시간을 보낼 필요도 없고 말이다. 사실 나는 린다의 남편이 어떻게 생겼는지도 모르고, 누군지도 잘 모르는데. 그냥 그러고 싶어서, 짐짓 어깨를 펴 보이며 이렇게 말했다.

"린다, 나에게 맡겨!"

그렇게 린다와 마지막 작별 인사를 한 줄 알았는데. 다음 날 로그로뇨 구시가지를 걷다가 린다를 다시 마주쳤다. 공항에 가기 전 여행 기념품을 사려던 참이라고 했다. 이번에도 역시나 린다는 남편 없이 혼자 거리를 걷고 있었다. 린다는 '진짜' 마지막으로 헤어지기 전 나를 덥석 안으며 확신에 찬 눈빛으로 말했다.

"혜림, 너 벌써 로그로뇨까지 왔어! 거 봐, 난 네가 걸을 수 있을 줄 알았어. 넌 잘할 수 있어."

별다른 말이 아니었는데, 어쩐지 그 말은 내게 굉장한 힘이 됐다. 체력적 부침과 베드버그 습격으로 많이 힘들었고, 내가 계속 걸을 수 있을지 자기 의심을 하던 시기였다. 린다의 눈빛을 본 순간, 나는 진짜 강한 사람이 된 것 같았고, 앞으로는 더 잘 걸을 수 있을 것만 같았다. 그동안 고마웠다고 말하고 싶었는데, 이상하게 말이 나오질 않았다. 그저 고개만 세차게 끄덕였다. 린다는 호주에 오면 꼭 연락하라며 메일 주소를 적어주었다.

사실 린다와의 첫 만남이 기억나질 않는다. 린다는 우리가 오리손 산장에서 만났다고 하는데, 그녀가 앉은 자리도, 그녀의 자기소개도 도무지 기억이 나지 않는 나에게 린다는 길 위에 갑자기 나타난 순례자이자 내가 만난 첫 번째 '까미노 천사'였다. 진심이 담긴 격려와 응원은 별다른 화려한 수식어가 없어도 마음에서 마음으로 전달이 된다는 것을 나는 린다를 통해 느꼈다. 내가 원해서 걷는 길이 아니라는 생각에 유난히 더 힘들었던 시기에 린다 덕분에 이 길을 나의 의지와 선택으로 걷고 싶다는 마음을 먹고 중심을 잡을 수 있었다. 그리고 그녀는 내게 순례길을 가르쳐준 사람이기도 했다. 순례길은 혼자 걸어도 되는 길이고 잠시 기다렸다 걸어도 되는 길이지만, 역시나 다정한 사람과 함께 걸으면 더 힘이 나는 길이라는 것을.

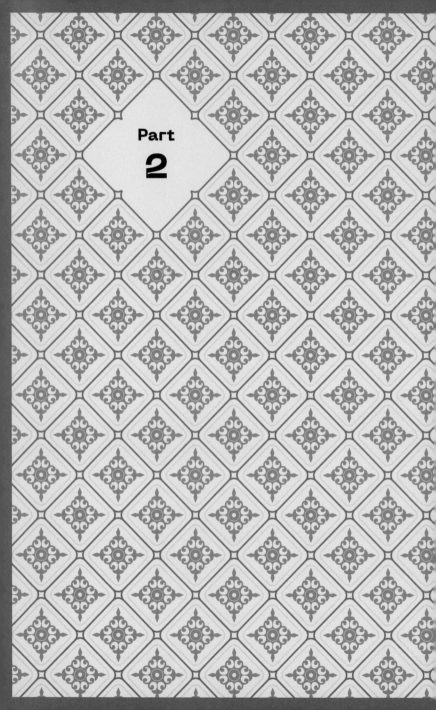

Part
2

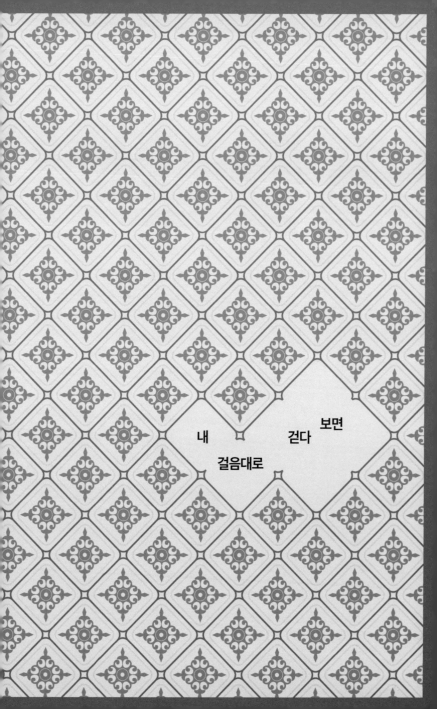

내 　　　　　걷다 　보면

　　걸음대로

Day 13

길 위에서 그려보는 미래

무려 3일 만에 다시 걷는 까미노다. 으랏차차! 신나게 걸어보자, 하고 나온 길. 하늘이 우중충한 게 꼭 비가 올 것 같더니 얼마 안 있어 후두두둑 하고 꽤 굵은 빗방울이 떨어지기 시작했다. 괜찮아, 우리에겐 우비가 있으니까. 이제는 제법 익숙해진 우비 착장을 하고 다시 길을 걸었다. 확실히 한 템포 쉬고 나니 가방도 한결 가볍게 느껴지고, 몸도 가뿐하다. 콧노래를 흥얼거리며 비오는 비탈길을 올랐다. 한참을 걷다 지칠 즈음 작은 카페를 발견했다. 오늘 걸을 경로에는 목적지까지 아무것도 없다고 알고 있었기에 더 반가웠던 카페. 남편과 따뜻한 카페 콘 레체* 한 잔씩 마셨다. 비바람에 얼어붙은 몸이 사르르 녹았다. 순례길을 걷다 보면 참 단순한 것에 감사와 행복을 느끼게 된다. 비가 조금씩 내리다가 우비를 딱 입고 나서야 마구 쏟아질 때, 기대하지 않던 카페를 발견했을 때, 따뜻한 커피 한 모금으로 몸에 따스한 기운이 스며들 때. 아주 작고 사소한 순간이지만 예기치 못한 순간이기에 더 크게 다가오는 감동이다.

그 즈음 함께 걷고 있는 다른 순례자들이 보이기 시작했다. 아이 둘을 데리고서 아기 자전거에 유모차까지 끌며 순례길을 걷는 아빠도 있고, 아이를 뒤에 업고 오르막길을 오르던 순례자, 강아지와 나란히 각자의 배낭을 메고 걷는 순례자도 있었다(강아지의 물과 간식은 강아지 배낭에서 나왔다). 늘 곁에서 함께 걷고 있었지만 내가 아플 땐 보이지 않던 대단한 순례자들이었다. 그리고 그동안 본 적 없던 나의 모습도 보았다. 나 또한 내가 생각하는 대단한 사람 중 한 사람이었다. 그 복잡 미묘한 감정의 늪에서 스스로 빠져나와 다시 이렇게 힘차게 걷고 있으니 말이다.

◆ 카페 콘 레체(Café con leche): 스페인어로 '우유를 넣은 커피'라는 뜻. 카페라테와 비슷하다.

"나는 제주도에서 왔어요. 몇 년을 준비해서 나온 순례인데, 걷다 보면 우리 집이 생각나네요. 제주도도 얼마나 예쁜 곳이 많은지 몰라요. 이 길을 완주한 한국인이 한국에도 아름다운 곳이 많다! 해서 만든 게 올레길이에요. 나중에 기회 되면 꼭 둘이 손잡고 걸어봐요. 분명 좋아할 거예요."

이 세계여행이 끝나면 한국에서 무엇을 하고 살지 남편과 종종 대화를 나누는데, 오늘은 특히 미래의 삶에 대한 뚜렷한 이미지가 만들어졌다. 제주에서 온 아주머니와의 대화 덕분이었다. 제주 토박이에게 듣는 제주는 순례길만큼 아름답고 좋은 기운이 넘치는 곳이었다. 그런 곳에 머무르며, 아름다움을 보러 온 여행자들을 맞이하는 사람이 되고 싶다. 오래 전부터 세계여행의 꿈과 동시에 간직해온 꿈은 민박집 사장님이 되는 것. 어쩌면 이 여행이 끝나면 민박집을 운영하게 되지 않을까, 그런 생각을 하며 떠나온 여행길이었다.

어디에서 할지, 어떻게 운영할지 아무런 그림도 그려보지 않은 상태지만 오늘 한 가지는 확실하게 결정됐다. 귀국하면 일단 제주도 올레길을 걸어보기로. 우리가 직접 그 길을 걸어봐야 여행자 숙소를 짓게 되면 어디가 좋을지 어떤 부분이 필요

할지 눈에 보일 것 같다.

"한국에 가면 걷기 클럽도 만들고 싶다. 오로지 걷기 위해서
모이는 만남이야."
"그거 멋진데? 오늘은 종로로 칼국수 먹으러 가자! 하고 3시
간 전에 만나 종로까지 걸어서 칼국수 먹는 모임."
"진짜 재밌겠다. 근데 혹시 그 걷기 클럽, 팀원이 여보랑 나,
평생 단 둘 뿐인 거 아니야?"

베드버그라는 걱정거리도 완전히 해결되고 방전되었던 체력
도 회복하고 나니 기분이 좋아 절로 이것저것 상상한다. 한국
에서는 꿈도 못 꿨을 터무니없어 보이는 계획들이 이곳에서는
잘도 만들어진다.

여전히 길 위에서 만나는 순례자들은 내게 묻는다.

"이 길을 걷는 너의 목적은 뭐야?"
"너의 인생에서 뭐가 제일 중요하다고 생각해?"
"너는 꿈이 뭐야?"

한국에서 이런 질문들은 누군가에게 묻고 싶어도 나를 이상하게 쳐다볼까 봐 차마 하기 어려운 질문들이었다. 이곳에서는 아무도 내게 이름이나 나이, 연봉, 직업, 사는 집의 크기 같은 건 묻지 않았다. 대신 내 꿈이 뭔지, 좋아하는 게 뭔지, 순례길은 왜 오게 되었는지, 한국에서는 행복한지, 이 길을 걷기 전 너의 인생은 어땠는지를 물었다. 사람들이 내게 궁금해하는 것들은 대개 이런 것들이었다.

처음에는 대답을 잘 못했다. 이런 질문을 받아본 적이 없어서 어떻게 대답해야 할지를 몰랐기 때문이다. 그러나 이 길 위에서 이런 질문들은 무척 당연했고, 모두들 이런 이야기들을 자연스럽게 주고 받았다. 그들과 대화하다 답하지 못했던 질문들은 혼자 걷는 내내 계속 곱씹고는 했다. 그러다 보면 마음 속 나의 답이 어느새 두둥실 떠오르기도 했다.

어느덧 어색한 기색 없이 나에 대해 물어오는 사람들 앞에서 부끄러워하지 않고 나의 이야기를 할 수 있게 되었다. 적어도 이 길을 걷고 있는 동안, 나는 솔직해지고 있다. 그들이 평소에도 그런 질문들을 곧잘 하는 사람들인지는 잘 모른다. 분명한 건 순례길에는 그런 힘이 있다는 것이다. 있는 그대로의 나를 인정하고, 상대방을 배려해줄 수 있게 되는 힘. 그래서 길을 건는 내내 내가 존중을 받고 있다는 느낌이 들고, 덕분에 조금씩 더 솔직해질 수 있는 것 같다.

오늘 머무르게 된 알베르게의 호스피탈레로♦는 과거에 아버지와 함께 순례길을 완주했었다는데, 그래서인지 순례자가 무엇을 필요로 하는지를 매우 잘 알고 있는 사람이었다. 자판기에는 꼭 필요한 것들만 있었고, 숙소는 베드버그가 서식하지 못하도록 모든 가구가 플라스틱과 철로 이루어져 있었다(베드버그는 나무를 좋아한다). 프라이빗하게 만든 침대들과 따로 돈을 받지 않는 락커 룸, 커텐에 매우 교묘하게(그러나 아주 실용적으로) 설치해 둔 빨랫줄까지!

확실히 직접 걸어본 사람이 만든 숙소는 달랐다. 내가 나중에 진짜 제주도에서 민박을 할 거라면 나 역시 먼저 올레길을 완주해봐야겠다는 생각을 다시금 했다. 꿈을 현실적인 계획으로 구체화할 수 있게 만들어준 순례길과 제주도 아주머니에게 감사한 밤이다.

♦ **호스피탈레로**(Hospitalero): 일베르게의 주인, 혹은 관리인.

Day 14

- 나바레떼
  Navarrete

- 나헤라
  Nájera

내게는 마지막 산티아고 순례길

요즘 산티아고 순례길은 숙소 전쟁이다. 노동절과 주말이라는 반짝 효과로 꽤 괜찮은 평점의 알베르게는 언제나 오전 중에 이미 만실. 걸음도 느린 주제에 숙소 예약도 안하고 다니는 우리 부부도 오늘만큼은 불안한 마음에 아침 식사도 건너뛴 채 평소보다 이른 새벽에 길을 나섰다. 오랜만에 일찍부터 걸으니 기분이 상쾌하다. 순례길을 걸으며 가장 기분이 좋을 때를 꼽으라면 그림처럼 아름다운 풍경 속을 걸을 때가아닌, 이른 새벽 아무도 없는 조용하고 싱그러운 거리를 걷기시작하는 순간이다. 오늘은 컨디션이 아주 가뿐하고 좋다.

한참을 쉬지 않고 걸은 우리 앞에 나타난 한 줄기 빛과 같은존재! 푸드트럭을 만났다. 항상 숙소에서 든든하게 아침을 챙

겨 먹고 다녔기에 푸드트럭을 이용해 본 적 없었는데, 한번쯤
은 사 먹어보고 싶었어서 반가운 마음으로 주문했다. 돌체구스
토 머신으로 내린 캡슐 커피 한 잔과 샌드위치 두 개를 샀다. 간
이 의자에 앉아 샌드위치를 먹는 동안 마주치는 순례자마다 모
두 한국인이었다. 길 위에 그렇게 많다던 한국인 순례자는 왜
도통 내 눈엔 안 보이는 걸까 궁금했는데, 일찍 길을 나서니 부
지런한 한국인 순례자들을 아주 많이 만날 수 있었다. 오랜만에
남편이 아닌 한국인과 한국어로 수다를 떨 수 있어 신이 났다.

"혼자 오는 게 덜컥 겁이 나서 동행을 만들어 왔는데 오히려
동행 때문에 힘이 들어요. 차라리 혼자 올 걸 그랬어. 근데 이
것도 내가 여기 와서 겪어보니 알게 된 거지. 저 언니 없었음
여기 오지도 못했을 거니까, 그걸 생각하면 참 고맙긴 해요."

동행이 아닌 한국인과 한국어로 마음 편하게 이야기를 나눌
수 있어 편한 사람은 나뿐이 아니었나 보다. 우연히 만난 한국
인 아주머니 순례자가 내 손을 잡고 그간 쌓아둘 수밖에 없었
던 속 이야기를 털어놓았다.

"언니랑 너무 간격 멀어지면 또 찾느라 고생하니까, 먼저 갈 게요. 잘 걸어요. 내 얘기 들어줘서 고마웠어요."

분주하게 걷는 아주머니의 뒷모습을 바라보며 생각했다. 부디 그녀가 이곳에서 당신만의 의미를 찾을 수 있으면 좋겠다고. 굳이 의미같은 건 없어도 되지만, 혹여 나중에 이 시간을 되돌아봤을 때 이 여정이 그냥 인간관계를 힘들어하며 걷던 기억으로 남을까 걱정이 되니까.

2주 정도 지나니 지쳐 보이는 사람들이 부쩍 늘었다. 다들 각자의 고충이 있구나 싶다. 내가 베드버그로 고통스러워할 때 누군가는 닿지 않는 체력으로, 누군가는 인간관계에서, 누군가는 두고 오지 못한 한국에서의 기억들로, 누군가는 무거운 가방이나 다친 다리 때문에 힘들었을 것이다. 그렇게 각자 자기가 짊어질 수 있는 만큼의 짐을 지고 가는 인생처럼, 어느 정도의 고충들을 가지고 이겨낼 수 있을지 모르는 상태로 힘겹게 한발 한발 떼면서 가는 게 순례길이구나 싶다. 나만 힘든 게 아니다. 그러니 고통 앞에서도 겸손하자고 생각했다. 나를 비롯해 모든 순례자가 자신의 위기를 극복하고 조금은 가볍게 길을 걸었으면 좋겠다. 이 길을 걷고 있는 모두를 응원해주고 싶은 마음이다.

오늘은 나바레떼에서 나헤라까지 간다. 이 지역은 스페인에서도 유명한 와인 생산지라 당분간은 매일 포도밭이 광활하게 펼쳐진 길을 걷게 된다. 아직 포도나무들이 아기처럼 작아 열매를 맺진 않았지만, 과일나무를 옆에 두고 걷는다니 왠지 새롭다. 어제는 폭우를 뚫고 걸었는데 오늘은 정수리가 타 들어갈 듯한 햇빛을 감당하며 걷고 있다. 구름 한 점 없이 푹푹 찌는 뜨거운 날씨가 계속됐고, 이제는 발바닥 빼고 전부 다 타버릴 것만 같다. 맑은 하늘과 스페인의 넉넉한 볕은 목적지에 도착해서 쉴 때는 무척 아름답게 느껴지지만 몇 시간은 더 걸어야 하는 길 위에서는 살벌한 괴물처럼 느껴진다. 온몸이 땀에 절은 채로 나헤라에 5시간 만에 도착. 우리 부부 기준으로 16km는 보통 6시간 정도는 걸어야 하는 거리인데 오늘은 조금 빨리 도착한 셈이다. 길이 평탄한 것도 한몫 했겠지만 괴물 같은 햇볕을 피해 서둘러 걸었던 게 컸다.

그 덕에 숙박할 알베르게가 오픈하기까지 두 시간이나 남았다. 우리가 1등일 줄 알았는데 영국인 순례자 부부가 맨 앞에 앉아 기다리고 있었다. 마치 이럴 줄 알았다는 듯 벤치에 앉아 미리 준비해온 바게트를 손으로 찢어 가르고 아보카도를 잘라

넣어 샌드위치를 즉석에서 만들어 먹는 여유로운 모습이 인상 깊었다. 나도 배워야지. 부부의 옆에 나란히 배낭으로 줄 세워 놓고 슈퍼에 가서 초코 크루아상과 우유를 사와 바닥에 앉아 '여유롭게' 먹었다.

내 뒤로는 오늘 쪼리를 신고 30km 걸었다는 대단한 순례자 가 줄을 섰고, 그 뒤로도 대기 줄은 계속 이어졌다. 순례길 오기 전 예행연습한다며 영화 〈나의 산티아고〉를 봤는데, 그 영화에 수십 명의 순례자가 지친 기색으로 줄 서서 알베르게 체크인을 기다리는 장면이 나온다. 그땐 굳이 저렇게까지 기다려야 해? 다른 알베르게 찾아가면 되지! 라고 생각했었는데, 막상 내가 걸어보니 알겠다. 순례자들이 줄을 서면서까지 체크인 시간을 기다린다는 건, 충분히 그럴만한 가치가 있는 숙소라는 것. 후 기에서 본 이 알베르게의 청결도는 만점이었으니 분명 베드버 그는 없을 것이다. 베드버그 노이로제에 걸린 내게 다른 숙소 라는 차선 따위는 없다. 두어 시간을 꼬박 기다려 무사히 체크 인을 했다.

가뿐하게 샤워를 하고 오후에는 남편 손을 잡고 산책에 나섰 다. 나헤라는 이름만큼이나 아기자기하고 예쁜 마을이었다. 다 른 마을과 다르게 활기차면서도 느긋하고 평온한 분위기가 퍽 마음에 들었다. 하루 이틀 더 머물며 구석구석 산책하고 즐기고 싶은데 아직 갈 길이 까마득하기도 하고, 몸의 컨디션도 좋은 편이라 계속 걷기로 한다. 이렇게 예쁜 마을을 만날 때마다 멈춰 쉬면서 걷는다면 순례길 완주까지 족히 6개월은 걸릴 것 같다. 오늘이 이 마을에서 보내는 마지막 하루라고 생각하니 지금의 산책이 더없이 소중하게 느껴졌다.

남편에게 지금 걷는 이 길이 내 인생의 마지막 순례길이라 생각하며 걷는다고 말했다. 한 번 밖에 주어지지 않는 아주 소중한 기회니까 더 마음에 꾹꾹 눌러 담아가며 행복하게 걷고 싶다고. 그렇게 생각하고 나니 매번 똑같아 보이는 길도, 가늠할 수 없는 변화무쌍한 날씨도, 두 시간은 기본으로 기다려야 하는 알베르게 대기 줄에 서 있으면서도 모두 다 정말로 좋더라.

리오와 데비

"혜림, 정민! 지금이야! 어서 뒤를 돌아봐."

동 틀 무렵에 부지런히 움직여 나선 길. 저 뒤에서 리오와 데비의 다급한 목소리가 들렸다. 무슨 일인가 싶어 뒤를 돌아봤는데, 그 순간 리오와 데비 너머로 해가 떠오르고 있었다. 푸르스름한 새벽빛 하늘이 어느새 뜨거운 햇살로 붉게 물들고 있었다. 와아, 하는 짧은 환호성과 함께 우리 넷은 오늘의 해를 온몸으로 맞이하며 기쁨을 만끽했다. 오늘의 첫 햇살이 닿은 모두의 뺨이 발그레해졌고, 해를 향해 반달처럼 크게 휘어지는 두 눈은 반짝반짝 빛이 났다. 그 순간, 가슴 벅차도록 살아있음이 느

내 걸음대로 걷다 보면

껴졌다. 이 경이로운 순간을 우리와 함께 나누고 싶어서 저 멀리서 애타게 불러준 리오와 데비에게 고마웠다. 기념사진을 찍고 다시 씩씩하게 발걸음을 옮겼다. 오늘은 왠지 이들의 다정함 덕분에 더 힘차게 걸을 수 있을 것만 같다.

정오에 가까워질수록 길 위에 사람들이 많아지고 활기가 넘친다. 새벽 걷기의 매력이 숨소리조차 웅장하게 들릴 정도로 고요한 순간을 맞이하는 것이라면, 한낮 걷기의 매력은 다양한 사람들의 활기 덕에 초여름의 청춘처럼 실실 웃음이 나오는 것이다. 오늘도 많은 친구들을 만났다.

| 오늘 새로 사귄 친구들 리스트 |

1. 마드리드에서 공부하며 3년 동안 살다가 순례길을 걷고 싶어 왔다는 미국인 커플

계속 숙소를 잡지 못해서 아예 예약해서 다니고 있다고. 이 친구들이 산토 도밍고 성당 안에 사는 닭 이야기를 해줘서 덕분에 나도 성당에 사는 닭 친구들을 만났다. 산토 도밍고 마을에는 '순례길'과 '닭'에 관련된 우화가 있고, 그래서 마을 곳곳에서 닭 관련 기념품이나 전시물을 볼 수 있다.

2. 언덕에서 쉬다가 만난 세르비아인 커플

결혼 1년차, 아기를 갖고 싶어 열심히 working 중이라고(working의 의미가 19금으로 들렸던 건 내가 음흉한 탓일까. 하하). 굉장히 유쾌한 친구들이었다. 대화를 더 나눠보고 싶었지만 우리보다 한 마을 앞에 가서 묵는다고 해서 아쉬웠다. 아마 내일 길 위에서 또 만나겠지.

3. 와인보다 맥주를 좋아하는 프랑스 아주머니

우리 세 사람이 영어로 풀어가는 대화는 뚝뚝 끊겼지만 그럼에도 계속 대화를 이어나가고 싶게 하는 묘한 매력의 여인이었다. 이게 바로 프랑스 여자의 매력인가. 와인을 좋아하지만 와인은 무릎에 좋지 않아 그 대신 매일 맥주만 드신다는(?) 이야기가 인상 깊었다.

4. 육아휴직을 하고, 한국에 아이 셋과 남편을 두고 혼자서 순례길을 걷던 언니

대화할 마다 자연스럽게 나오는 흥 많은 리액션과 사투리가 무척 사랑스러워 함께 걷는 내내 괜스레 기분이 좋았다. 결단력 있게 혼자 순례길을 걷는 용기도 멋있고, 혼자 걷겠다고 하니 바로 오케이하고 보내줬다는 남편 분도 무척 멋지다고 생각했다. 우리 부부를 물끄러미 보더니 당연하다는 듯이 남매냐고 물었다.

유난히 즐겁고 유쾌한 사람들과 만났던 하루의 여정이 끝나고 대형 알베르게에 도착했다. 소란스러운 분위기를 피해 로비 구석에 앉아 조용히 일기로 하루를 정리하려는 찰나, 누군가 내 어깨를 톡톡 두드렸다. 오늘 아침의 해를 함께 맞이하며 부쩍 가까워진 영국인 순례자 부부 리오와 데비였다. 이곳에서 또 마주치다니, 이런 우연이!

"혜림, 생일 축하해. 자, 선물. 산책하다 네 생각나서 샀어."

데비는 내 생일 선물이라며 예쁘게 포장되어 있는 커다란 초콜릿을 슬며시 내밀었다. 오늘 아침에 이야기 나누며 내일이 내 생일이라고 했던 걸 기억하고 있던 데비. 나를 다시 만날 거라는 보장도 없는 이 길 위에서 이들은 나를 떠올리며 초콜릿을 샀다. 기대하지 않았던 순간에 받는 선물의 감동은 더욱 크다. 저녁을 같이 먹는 게 어떠냐는 데비의 제안을 흔쾌히 수락했다. 사실 배는 하나도 안 고팠는데, 이토록 한없이 다정한 사람들과 함께 시간을 보내고 싶었다.

테이블에 놓인 파스타와 피자가 다 식도록 우리 네 사람은 이야기를 나누느라 정신이 없었다. 특히 서로의 가족에 대한 이야기를 많이 나눴다. 데비가 말하기를 자신의 남편인 리오는 세 남매에게 매우 좋은 아빠인데, 세 아이들 각각과 좋은 관계를 맺고 있다고 했다. 수줍은 미소로 아내의 말을 잠자코 듣기만 하던 리오는 비결이 뭐냐는 나의 질문에 사뭇 진지한 표정으로 말했다.

"함께 보내는 시간을 중요하게 여기고, 말하기보다 들어주고, 그리고 세 아이들과 개별적으로 관계를 유지하기 위해 노력했어. 모두 나의 소중한 아이들이지만 한편으로 그들은 개별적으로 고유한 인간이니까."

그들은 엄마아빠가 된 것이 그들 인생 최고의 'job'을 얻은 것이라고 했다. 그리고 또 그게 인생에서 제일 어렵고 힘든 일이었다고 고백했다. 길 위에서는 나이나 국적을 불문하고 모두 같이 길을 걷는 친구였는데 이렇게 자녀와 인생에 대한 이야기를 나누고 보니, 리오와 데비는 본받을 점 많은 아주 존경스러운 어른이었다. 그들과의 대화는 계속 곱씹게 될 만큼 여운이 깊었다. 그래서 숙소로 돌아와 잊어버리기 전에 일기장을 펼치고 꾹꾹 눌러 리오와 데비 이야기를 써내려갔다.

Day 16

● 산토 도밍고 데 라 칼사다
Santo Domingo de la Calzada

● 벨로라도
Belorado

길 위에서의 생일

오늘따라 유난히 동 트기도 전에 부지런히 길을 나서는 사람이 많았다. 왜 그랬는지는 직접 걸으면서 깨닫게 됐다. 오늘은 나무 한 그루 없는 땡볕의 평지를 끊임없이 걸어야 하는 아주 고된 코스의 날이었다. 힘들 법도 한데 오늘만큼은 모든 게 다 괜찮았다. 오늘은 내 생일이니까! 생일을 까미노 길 위에서 맞이하는 행운은 누구에게나 주어지는 게 아니다. 그래서 아직 잠에서 덜 깬 채로 이른 새벽부터 시작하는 걸음도, 그늘 한 점 없어 온몸이 땀으로 흠뻑 젖어버리고야 마는 고단한 길도 오늘은 정말이지 다 괜찮았다.

아침에 걷다가 제일 먼저 나오는 카페에 들어가 그날의 첫 커피를 들이켜는 건 어느새 우리 부부의 즐거운 모닝 루틴이 되었다. 오늘도 걷다가 제일 먼저 보인 카페에 들어갔다. 마침 먼저 온 리오와 데비가 아침 식사 중이었다. 또다시 우연히 만나 함께 신이 나서 아침부터 떠들고 있는데, 뒤를 이어 세르비아에서 온 스테파니 부부가 카페 안으로 들어왔다. 어제 알게 된, 아이를 갖기 위해 열심히 'working'중이라던 커플. 알고 보니 스테파니 부부와 리오 데비 부부는 이미 길 위에서 만나 친분이 깊은 사이였다.

"데비가 어제 진짜 러블리한 한국인 커플을 만났다고 했어. 나도 만나면 좋아할 거라고 했는데, 난 데비한테 그 말을 듣는 순간 그 커플이 분명 너희 둘일 거라고 생각했어."

스테파니가 웃으며 말했다. 이렇게 다정하고 사랑스러운 사람들이 모두 내 친구라니. 아침부터 분에 넘치는 행복을 느꼈다.

"혜림, 손 내밀어봐."

스테파니의 남편, 스테판이 재밌는 것을 발견한 것마냥 개구쟁이 같은 표정으로 내게 말했다. 또 장난을 치려나 싶어 눈을 흘기다가 못 이기는 척 손바닥을 내밀었다. 내 손바닥 위에 툭 하고 떨궈진 것은 작은 쿠키였다. "생일 축하해."

데비의 초콜릿도, 스테판의 쿠키도, 너무 소중하고 아까워서 나는 도저히 먹지 못할 것만 같다. 만난 지 며칠 되지도 않은 나를 어떻게 이렇게까지 다정하게 챙겨줄 수 있는 걸까. 순례길 위에서는 감정이 제멋대로 증폭되는 것 같다. 내가 작은 쿠키 하나에 울음을 터트리려는 걸 알아챘는지 스테판은 음료를 주문하다 말고 갑자기 큰 목소리로 카페 주인에게 이렇게 말했다.

"오늘 이 친구 생일이에요! 커피 한 잔 서비스로 주시면 안돼요?"

스테판의 자신감 넘치는 농담에 카페 안에 있던 사람들이 박장대소하며 웃었다. 스테판이 가진 매력이다. 한순간에 분위기를 즐겁게 만들어버릴 수 있는 넉살. 카페 주인을 향해 손사래를 치며 분위기를 무마시키다 보니, 내 눈물은 아무 일 없었다는 듯 쏙 들어가버렸다.

"또 만나. 길 위에서." 그들과 다시 만나고 싶다는 마음을 담아 인사를 하고 남편과 길을 걷기 시작했다. 아침의 행복했던 티타임 이후로 잔인한 시간이 계속되었다. 바람 한줄기 불지 않는 날에, 땅 위로 아지랑이가 피어 오르는 그늘 한 점 없는 땡볕의 평지를 끊임없이 걷고 또 걸었다. 등허리가 땀으로 흠뻑 절여질 만큼 맹렬하게 더운 날이었다.

등 뒤에서 누군가 부르는 노랫소리가 들리기 시작했다. 뒤이어 남편이 나를 부르는 소리에 돌아봤다. 남편과 대화를 나누며 걸어오던 순례자가 나를 보며 생일 축하 노래를 부르고 있었다. 그 순례자의 노래가 끝나자, 바로 그 옆에 있던 순례자가 노래를 이어 부르기 시작했고, 지나가던 다른 순례자들도 모두 발걸음을 멈추고 함께 서서 노래를 불렀다.

"무슨 일이야?"
"오늘 이 친구 생일이래!"
"와우! 생일 축하해!"

그렇게 돌림노래처럼 길 위에서 한참을 세계 각국의 언어로 된 생일 축하 노래를 선물받았다. 흥이 오른 한 순례자는 내 손을 잡고 빙글빙글 춤을 추기 시작했고, 우물쭈물 부끄러운 마음도 잠시, 발그레해진 두 뺨 위로 어느새 웃음이 번졌다. 흥과

웃음은 전염성이 강하다. 흥겨움에 몸을 들썩이던 우리 곁의 모두가 함께 노래를 부르고 다같이 손을 잡고 큰 원을 그리며 춤을 췄다. 그 순간 내가 서 있는 곳은 단순한 순례길이 아니라 아주 특별한 생일파티 장소가 되었다. 나와 다른 언어를 사용하는 이들의 노랫말은 하나도 알아듣지 못했지만, 그들의 마음은 무사히 내게 닿았다. 모두 나의 생일을 진심으로 축하해주고, 지금 이 순간을 함께 즐기며 기뻐해주고 있었다.

생애 최고의 생일이었다. 언제 이렇게 많은 사람들에게 생일 축하를 받을 수 있을까. 그것도 길 위에서, 다 함께 어깨춤을 추면서 말이다! 생전 알지도 못했던 사람들이 아침부터 내게 준 감동이 가슴속에 차곡차곡 쌓였다. 벅찰 만큼 가득 채워지는 행복에 자꾸만 눈물이 났다. 어젯밤 데비가 초콜릿을 내 손에 쥐어준 순간부터 꾹꾹 눌러 참아온 눈물이 결국 이곳에서 터져버렸다. 말로 다 표현할 수 없을 만큼 행복한 생일이었다. 세상에 뭐 이런 길이 있고 이런 사람들이 다 있지.

Day 17

뜨거운 작별 인사

"혜림, 어제 왜 안 나오고 그냥 잤어? 나 너를 위해 서프라이
즈 생일 케이크 만들고 있었는데!"
"스테판, 정말 미안해. 남편이 너무 곤히 잠들어서 깨워서 나
갈 수가 없었어."

어제 땡볕에 너무 오래 걸은 탓인지, 많이 지친 남편이 이른
저녁 무렵부터 잠이 들었다. 스테파니가 나를 찾아와 함께 저
녁 먹지 않겠냐며 제안했지만, 남편을 두고 혼자 나가기가 미
안해서 거절했다. 그런데 알고 보니 그때 그 시간, 스테파니의
남편 스테판은 길 위에서 생일을 맞이한 나를 위해 알베르게

주방에서 케이크를 굽고 있었다. 고작 며칠 전에 알게 된 나를 위해 휴식을 포기하고 케이크를 만들었다니. 식사 제안을 거절하자 유난히 아쉬워했던 스테파니의 속내를 알고 나니 그들의 호의를 무시한 것만 같아 마음이 너무 무겁고 미안했다.

"너 주려고 어제 식사 때 케이크 다 안 먹고 챙겨 뒀어. 자, 어서 먹어. 그리고 생일 진심으로 축하해! 이미 지났지만 말이야."

늘 이른 시간에 먼저 출발하는 스테파니 부부는 오늘 아침 내게 케이크를 주기 위해 한참을 로비에서 기다리고 있었다. 어제 저녁 여러 순례자들과 함께 저녁 식사 하던 자리에서 먹고 남은 케이크라고 하기엔 너무 곱고 예뻤다. 그 자리에 참석하지도 않은 나를 위해 친구들은 작은 조각을 잘라 조금씩 맛만 봤을 거다. 그런 사람들이니까.

"나는 어제 많이 먹었어. 너 다 먹어."

거의 새 거나 다름 없는 케이크를 내게 들이밀면서 어서 먹길 바라는 초롱초롱한 눈빛의 두 사람을 보고 있자니 내 마음은 점점 더 미안함으로 묵직해져 갔다. 테이블에 앉아 스테파니가 건네주는 포크를 받았다.

"설탕 안 넣었고, 바나나랑 견과류, 초콜릿으로 만들었어. 알지? 나 세르비아에서 디저트 카페 하잖아. 여행하느라 오랜만에 구워본 건데. 맛이 어때?"

설탕이 들어가지 않았다는 케이크는 무척 달콤했다. 미안함과 고마움이 얽히고설켜 눈물로 나오려고 하는 걸 케이크와 함께 꾸역꾸역 목구멍으로 삼켰다.

"있지, 나 이 케이크는 평생 잊지 못할 것 같아. 너무 고마워."

부족한 영어로 하는 성에 안 차는 표현은 이내 그만 두고 한국에서 사온 한복 입은 부부가 그려진 배지를 선물했다. 순례길에서 누군가와 마음을 깊게 나누게 된다면 선물하고 싶어서 인사동에 가서 사온 기념품이었다. 스테파니는 너무 귀엽다며 두 팔을 벌리고 나를 향해 활짝 웃어 보였다. 나는 스테파니와 눈을 맞추고 함께 웃었다. 그리고 있는 힘껏 스테파니를 세게 끌어안았다. 아주 중요한 것은 말하지 않아도 다 통하는 법이다.

지금 서로의 길을 걷기 위해 작별 인사를 하고 나면 오늘 저녁 알베르게에서 또다시 만날 수도 있겠지만, 이 길이 끝날 때까지 다신 못 볼 수도 있다. 그러니 매일 아침마다 나누는 우리의 인사는 뜨겁다. 그날의 만남에 최선을 다한다. 마지막인 줄도 모르고 제대로 인사도 나누지 못한 채 아쉬운 작별을 했던 경험을 몇 번이나 반복하고 나서야 나는 매 순간의 만남에 최선을 다하기 시작했다. 어제 저녁, 남편을 깨워 저녁 식사 초대에 갔어야 했다. 아니, 나 혼자라도 갔어야 했다. '다음에 같이 먹으면 되지 뭐.' 내심 그런 생각도 했었다. 어제의 게으른 선택은 또다시 오늘의 후회가 되어 내게 돌아왔다. 다신 그러지 말아야지. 스테파니를 끌어안으며 뜨거운 작별 인사를 했다. 넘치는 이 마음을 이들에게 갚을 수 있는 날이 올까.

"스테파니, 미안해. 그리고 고마워. 내가 세르비아로 꼭 너희를 만나러 갈게."

Day 18

● 비야프랑카 몬테스 데 오카
  Villafranca – Montes de Oca

● 아헤스
  Agés

마음에 탄력이 붙었다

오르락내리락하면서 구불구불한 산맥 하나를 다 넘어야 하는 날, 하루 종일 비와 바람이 심상치 않다는 예보가 있어 마음이 조금 급했다. 평지는 괜찮지만 산길에서 만나는 비는 아무래도 위험하니까. 새벽부터 서둘렀음에도 결국 산을 오르는 길에 쏟아지는 비를 속수무책으로 맞았다. 비보다 더 많이 맞은 것은 엄청난 바람. 고도 1000m가 넘는 산맥의 길 12km를 넘은 뒤에 6km를 더 걸어야 하는 루트였는데 걷는 내내 '폭풍의 언덕'이 따로 없었다.

맞은편에서 바람이 너무 세차게 불어와서 몸을 앞으로 굽히지 않으면 도저히 걸어나갈 수가 없었다. 눈도 제대로 뜨지 못한 채 커다란 배낭을 메고 그 위에 연두색 우비를 입고서 날아갈까 봐 구부정한 자세를 하고 엉금엉금 걷고 있는데, 그 모습이 마치 곱등이 같다며 옆에서 남편이 배를 잡고 깔깔깔 웃어 댔다. 정작 본인도 못생긴 곱등이처럼 걷고 있다는 걸 모르는 것 같다.

"여보도 지금 완전 곱등이같아."
"내가 사진으로 찍어줄게. 내 눈에만 웃긴 거 아니라니까! 이거 봐!"

사진으로 찍어가면서까지 서로의 못생기고 초췌한 모습을 놀려대느라 서둘러 걸어야 하는 것도 잊은 채 바람 속에서 머리칼이 헝클어져서는 껄껄껄 웃다가 눈물이 나왔다. 내친 김에 어버이날 기념으로 비바람이 부는 언덕 위에서 부모님께 보내 드릴 영상 편지도 찍었다. 우리 없는 빈자리 허전하실까 잠시나마 웃으시라고 보낸 영상이었는데, 고생하는 모습이 짠하다고 하셔서 아뿔싸! 했다. 바람에 날아갈까 봐 엉덩이에 힘을 주고서 못생긴 곱등이 포즈를 하고 영상을 찍는 이 순간이 마냥 웃긴 건 정작 우리 둘 뿐이었나 보다.

그 순간 문득 내가 그리고 우리가 마음의 탄력이 강해졌음을 느낄 수 있었다. 비바람이 몰아치는 궂은 날씨에 어깨를 죄여 오는 무거운 배낭을 메고 제대로 설 수조차 없어 허리를 구부리며 걷는 길이 그리 유쾌하기만 할 순 없다. 예전의 나라면 얼굴에 인상을 팍 쓰며 걷기 싫다고 투덜거리기 딱 좋은 순간이었다. 하지만 오늘은 달랐다. 정말로 즐거웠고, 재밌었다. 분명 나는 강해지고 있었다.

걷다 보니 거짓말처럼 금세 비가 그쳤고, 해가 떴고, 온 세상이 반짝 빛나며 고요해졌다. 그러고는 얼마 안 있어 또다시 비가 오기를 반복했다. 비가 와도 이제는 괜찮았다. 곧 다시 비가 그치고 맑아질 거라는 걸 아니까. 숲속에서는 비바람에 나뭇가지가 흔들릴 때마다 파도 소리가 들렸다. 남편이 말했다.

"원래 나무들이 바람에 흔들리면 파도 소리처럼 들려."

그동안 까미노에서 수많은 숲속을 바람과 함께 걸어왔는데 나는 오늘에서야 파도 소리를 느낄 수 있었다. 말로 형용할 수는 없었지만, 이제서야 이 길이 내게 이곳의 진짜 매력을 보여주려는 것만 같았다. 마치 드디어 순례자의 자격을 얻은 듯한 기분이었다.

Day 19

- 아헤스
  Agés

- 부르고스
  Burgos

까미노의 법칙

　　순례자가 하룻밤 머물고 가는 알베르게는 적게
는 4명, 많게는 100여명이 다 같이 한 방에서 자는 도미토리 시
스템이다. 컨디션이 좋을 때는 괜찮지만, 피로가 누적될수록
육체적 피로에 정신적인 피로까지 겹쳐 도미토리에서 자는 게
힘들어진다(수십 킬로미터씩 걸어온 고단한 사람들의 코골이 성량은
상상 초월이다). 그래서 가능하면 일주일에 한 번 정도는 알베르
게 2인실이나 호텔에서 잔다. 부족한 수면과 가득해진 예민함
을 푸는 시간을 갖는 것이다.

　순례길의 큰 도시 중 하나인 부르고스에 도착하기 전날, 작
정하고 에어비앤비를 예약했다. 한 번쯤 쉬어갈 타이밍도 되었
고, 부르고스에서 순례 여정을 마무리할 리오와 데비 부부를

위해 한식을 제대로 대접해주고 싶은 마음 때문이었다. 리오와 데비는 저녁 식사 초대에 흔쾌히 응해주었다. 늘 받기만 했던 고마운 사람들에게 드디어 나도 뭔가를 나누고 베풀 수 있는 기회가 생겨 아침부터 기분 좋은 긴장감이 감돌았다.

그렇게 특별한 목적을 가지고 부르고스를 향해 걷는 오늘, 여느 때와 다르게 마음이 분주하다. 어서 20km를 걸어서 부르고스에 도착해 중국인 마트에 들러 한식 재료를 사고, 에어비앤비 체크인을 한 후, 약속시간 전까지 샤워와 요리를 마쳐야 하니까.

큰 도시로 향하는 길은 평소보다 더 쉽게 지친다. 수평선 너머 끊임없이 펼쳐지는 푸르른 자연을 바라보며 말랑한 흙길을 걷다가, 빼곡한 공업단지 속에서 다차선 도로 옆 딱딱하고 좁은 아스팔트 길을 아슬아슬하게 걸을 땐 마음마저 팍팍해진다. 투박한 등산화가 어쩐지 더 무겁게 느껴지고, 눈은 뻑뻑하고, 차 소리로 귓속까지 따갑다. 그래도 운이 좋으면 대도시에서 한국 라면도 쟁일 수 있고, 여차하면 평소엔 보기 힘든 버거킹이나 맥도날드 맛도 볼 수 있으니 마냥 싫기만 한 건 또 아니다.

리오, 데비에게 한국 음식을 코스처럼 선보여 주고 싶어서 삼겹살과 쌈, 라면과 짜파게티, 수박화채를 준비했다. 삼겹살

은 너무 일찍 구워서 딱딱하게 굳었고 냄비밥은 질었다. 라면
은 생수 한 통이 부족할 만큼 너무 매워서 미안했고, 수박화
채는 먹기 께름칙할 만큼 어설펐다. 그나마 다행인 것은 두 사
람 모두 짜파게티만큼은 그릇을 싹싹 비울 만큼 맛있게 먹었다
는 것. 누군가를 초대해 부부가 함께 대접하는 일은 처음이었
다. 모든 것이 서툴고 어색했지만, 주부 인생 20년차 데비 덕분
에 순조롭게 진행되고 마무리될 수 있었다. 정말로 작별 인사
를 해야 할 시간에 데비가 갑자기 가방에서 뭔가를 꺼내 건네
주었다. 침대에 깔고 자는 베드버그 예방 패드였다.

"이건 앞으로 너희에게 더 필요할 것 같아서. 우린 이제 집으
로 돌아가니까."

오늘만큼은 아무것도 받지 않고 내가 다 주고 싶었는데 또
받고야 말았다. 이전에 베드버그에게 호되게 당한 뒤로, 매일
알베르게 체크인을 하면 배정 받은 매트리스를 위아래로 샅샅
이 뒤지며 베드버그가 있는지 살펴보는 내게 안성맞춤인 선물
이었다. 그들이 돌아가고 긴장이 풀려 유난히 고단했던 밤, 데
비가 주고 간 베드버그 방지 패드를 깔고 그 위에 침낭을 펼쳤

다. 베드버그에게 물릴지도 모른다는 불안감 없이 무척 오랜만에 달고 긴 잠을 잤다.

다음 날 아침에는 보슬비가 그칠 듯 말 듯 조금씩 흩날렸다. 시계를 보니 리오와 데비가 런던행 비행기를 막 탔을 시간이었다. 유난히 정을 깊게 나눈 친구들을 더 이상 길 위에서 볼 수 없을 거라 생각하니 마음 한구석이 허전했다. 마지막으로 데비에게 기나긴 장문의 문자를 남기고, 다시 배낭을 메고 문을 나섰다.

순례길 초반에 사귄 나디아를 비롯해 친구들과 헤어질 때마다 나는 많이 아쉬워했다. 매번 이제는 이렇게 소중한 친구를 다시는 못 사귈 것 같은 기분이 들었다. 그러나 그 뒤로 스테파니 스테판 부부, 리오 데비 부부처럼 좋은 사람들은 계속해서 나타났다. 분명 앞으로 남은 여정도 그럴 것이다. 당장 눈앞에 보이는 인연과 이별에 너무 연연하지 않을 것, 그러나 늘 최선을 다할 것. 순례길이 내게 준 가르침이다. 순례길에는 '까미노의 법칙'이 있다고 했다. 만날 사람은 반드시 다시 만나게 된다는 것, 그리고 필요한 건 반드시 나타난다는 것. 필요한 순간에 나타나 좋은 연을 맺게 된 리오 데비 부부를 생각하며 나는 까미노의 법칙을 믿기로 했다.

순례길 완주 후 세계여행을 이어가며 영국 런던에 머물던 어느 날, 한창 까미노 블루♦에 걸려 앓고 있을 때 리오와 데비 부부의 초대를 받았다. 영국의 포츠머스 휴양지에서 우리는 아주 멋진 시간을 보냈다. 까미노를 떠난 후에도 여전히 까미노의 법칙은 유효했다.

♦ **까미노 블루**(Camino blue): 순례길 완주 이후 찾아오는, 순례길을 간절히 그리워하는 우울한 마음.

Day 20   • 부르고스
Burgos

따로 또 같이

목적지도 없이 그냥 무작정 걷기 시작했다. 오랜만에 남편 없이 혼자 걷는 길이다. 지금 내 옆에 아무도 없다는 것, 낯선 도시에서 완전히 혼자가 되었다는 사실에 차츰 익숙해지자 슬그머니 자유로운 기분이 찾아왔다. 산티아고 순례길을 걷기 시작한 이후, 처음으로 혼자 가져보는 시간이다. 이 귀한 시간을 어떻게 보내면 좋을까 고민하다가 아무런 계획을 세우지 않고 무작정 마음 가는 대로 보내보기로 한다.

뭘 먹을까? 어디에서 먹을까? 이쪽 길로 갈까? 누구의 의사를 묻거나 조율할 필요 없이, 오직 내 마음이 이끄는 대로 먹고, 가고, 결정하고 선택할 수 있는 이 시간. 지극히 사적으로 보낼 수 있는 시간. 고소한 빵 냄새가 솔솔 풍기고 있는 작은 베이커리 카페에 반해 무작정 들어갔다. 오전에 이미 남편과 커피 한 잔을 마신 상태지만, 혼자 이렇게 시간을 보낼 기회는 자주 오지 않으니까. 작은 베이커리 하나를 곁들여 따뜻한 카푸치노 한 잔을 천천히 마셨다. 목구멍을 타고 넘어가는 커피 한 모금이 깊은 만족감과 함께 몸속 구석구석으로 퍼졌다. 입 꼬리가 씨익 올라간다. "너무 좋다." 나도 모르게 새어 나온 진심이었다.

오늘 아침, "내가 혼자 은행 찾아서 돈 뽑아갈게. 여보는 먼저 숙소 가서 쉬고 있어!"라고 얘기했을 때, 혼자서 정말 괜찮겠냐며, 잘 찾아올 수 있겠냐고 걱정 어린 눈빛으로 묻던 남편에게 조금 미안해질 만큼, 혼자만의 이 시간이 너무 좋다.

우리는 좋아하는 사람과 연애를 하다가, 앞으로는 이 사람만을 평생 사랑하겠습니다, 하고 손가락 걸고 약속하며 결혼을 했다. 하지만 결혼을 했다고 해서 서로가 서로를 완벽히 소유할 수 없고 모든 것을 공유할 수도 없다. 결혼을 했어도, 부부가 함께 여행을 하고 있어도 우리에게는 각자 혼자만의 시간이 필요하다. 나와 누구보다 가까운 사람인 남편이지만 그럼에도 그는 결코 내가 될 수 없다. 서로가 서로에게 완벽한 타인임을 인정하자 우리는 한층 더 가까워졌다.

"나 혼자 돈 뽑아갈게. 먼저 숙소에 갈래?"

내가 그 말을 했을 때, 남편은 알았을 것이다. 아내가 혼자만의 시간이 필요한 타이밍이라는 것을. 구태여 직접적으로 말하지 않아도 내 마음을 알아차리고 두 걸음 뒤로 물러서준 남편에게 참 고맙다. 따뜻한 커피도 한 잔 하고, 하염없이 구시가지를 걸어도 보고, 옷 가게에 들어가 예쁜 옷들도 구경했다. 두 시간 정도 오롯이 혼자만의 시간을 보내고 나니, 다시 누군가와 함께할 수 있는 에너지가 가득 채워졌다. 이제는 남편에게 돌아갈 시간. 지금쯤 이층 침대 한 켠에서 깊은 낮잠에 빠져있을 남편을 깨우러 가야겠다. 오늘 저녁은 남편이 먹고 싶다는 메뉴를 먹어야겠다.

Day 21

- 부르고스
  Burgos

- 오르니요스 델 까미노
  Hornillos del Camino

산티아고 순례길의 마법

아직 해도 뜨지 않은 시각에 길을 나섰다. 잠이 덜 깨어 퉁퉁 부은 얼굴로 오늘도 신나게 걸어볼 준비를 한다. 150베드의 대형 알베르게인데도 이곳은 어제 이른 오전부터 체크인 줄이 길었고, 만실 되는 속도가 예사롭지 않았다. 평소처럼 느긋하게 움직인다면 이 다음 마을에서는 숙소 자리가 위태할 수도 있겠다 싶어 부지런히 움직였다. 여름과 함께 산티아고 순례길의 성수기가 다가오고 있다.

산티아고 순례길의 마법인 건가? 아침에 눈 뜨면 '아 이제는 정말 더 이상은 못 걷겠는데?' 하며 심각하게 일어나곤 하는데, 일단 문 밖을 나서서 마술봉 쥐듯 스틱을 쥐고 나면 언제 그랬냐는 듯 탁탁 탁탁, 리듬감 있는 소리와 함께 힘차게 걷게 된다.

정말 마법 같은 길.

매일 아침마다 출발 전 길 위에서 남편과 얼굴을 나란히 하고 셀카를 찍고 있다. 부모님께 안부인사를 보내드릴 겸 사진을 찍기 시작한 것이 어느덧 매일 걸음을 시작하기 전 루틴이 되었다. 사진 속 우리는 푸석푸석한 피부, 퉁퉁 부운 눈, 진한 다크서클과 함께 피곤함이 물씬 느껴지는 얼굴을 하고 있지만 반짝반짝 빛나는 눈빛과 입가에 번진 잔잔한 미소가 더 많은 것을 말해주고 있다. 완주하고 난 후, 첫날부터 마지막 날까지의 우리의 셀카 사진들을 모아 놓고 보면 더 재밌는 것을 발견할 수 있을 것이다.

오늘도 의식처럼 셀카를 찍고 등산 스틱을 쥐면서 하루의 일정을 시작했다. 아무도 없는 고요한 거리를 우리 두 사람의 발자국 소리가 채웠다. 아직 곤히 자고 있는 사람들을 깨울까 싶어 스틱도 거두고 살금살금 걸어보았지만, 텅 빈 거리에는 여전히 발자국 소리가 울렸다. 새벽보다는 아직은 밤이라는 단어가 더 잘 어울리는 캄캄한 거리에서 가로등 불빛과 노란 화살표 표식에 의지하며 서둘러 마을을 벗어나는 길을 찾았다. 이렇게까지 어두울 때 걸어보는 건 처음이다. 색다른 느낌이었다. 모두가 자고 있을 때 부지런히 하루를 시작하는 느낌이 꽤 좋다. 그러나 여유로웠던 순간도 잠시, 한동안 말이 없던 남편이 다급한 목소리로 주위를 두리번거리기 시작했다.

"여보. 어쩌지? 나 배가 슬슬 아픈데. 이거 진짜 급해."

처음에는 가볍게 생각했다. 그런데 세상 난처한 얼굴을 한 남편을 보니 이거 정말 심각한 '건'이구나 하고 바로 알아차렸다. 수습 불가능한 일이 일어날까 봐 안절부절 못하며 화장실을 찾아 헤맸다. 더는 안 되겠다 싶어서 여분의 양말이라도 꺼내주어야 할까 갈등하던 찰나에 눈 앞에 한 칸짜리 공중 화장실 부스가 나타났다. 오, 하나님 감사합니다! 주머니에 있던 동전을 탈탈 털어 30센트의 이용요금을 내고서 배낭을 내던지다시피 몸에서 떼어낸 남편은 화장실로 냅다 뛰어 들어갔다. 그리고 잠시 후 순례길을 걷는 동안 내게 보여줬던 그 어떤 표정보다도 가장 만족스러운 표정과 함께 짐짓 여유로워 보이는 몸짓으로 걸어 나왔다. 그러고는 마치 아무 일도 없었던 것처럼 내동댕이쳤던 가방을 차분하게 메는데, 그 모습을 보고 나도 모르게 갑자기 웃음이 빵 터져버렸다. 둘이서 화장실 앞에서 이전 상황을 흉내 내면서 한참을 소리 내어 끽끽 웃다가 눈물이 나올 지경이었다. 역시 사람은 쉽게 죽지 않고, 순례길 위에서 내게 필요한 것은 어떤 방법으로든 반드시 내 앞에 나타난다. 오늘도 아침 댓바람부터 참 재밌는 순례길이었다.

모처럼 뻥뻥 뚫려 속이 시원한 도로를 가로질러 걸었다. 순례길을 걸으면서 좋은 점 중 하나를 꼽자면 눈을 어디에 두어도 시야가 탁 트여있어 시원하다는 것. 산이면 산, 들판이면 들판, 도로면 도로, 마을이면 마을. 어느 한 곳이든 서울 한복판처럼 빼곡한 곳 없어 답답한 느낌이 전혀 없다. 가끔은 편리하고 깨끗한 도심 생활이나 도시 여행이 그리워질 때도 있지만, 또 한편으로는 이곳에서만 누릴 수 있는 지극히 단순한 생활이 퍽 만족스럽다.

사실 불만을 꼽아보라면 셀 수 없이 많다. 현재 생리를 시작했고, 온몸의 피부가 고르지 못하게 다 타버려서 점점 못생겨지고 있는 기분이 들고. 스페인 사람들의 무뚝뚝한 면에 가끔 기분이 상하기도 하고, 이상하게 늘 추운데 또 늘 덥고. 배낭은 언제나 무겁고 매일 다리, 허리, 무릎이 아픈 건 말할 것도 없고, 베드버그에 또 물릴까 봐 두렵고, 기타 등등. 낭만과 환상만 가지고 걷기엔 조금 거칠고 힘든 길임은 분명 맞다. 그렇지만 좋은 면들을 더 많이 보자고 생각해본다. 지금 내가 있는 곳이 산티아고 순례길이기에 누릴 수 있는 것들도 무궁무진하니까.

20km, 6시간을 꼬박 걸어서 아기자기한 매력이 있는 오르니요스 델 까미노 마을에 도착했다. 묵고 싶어 찜해 두었던 숙소에 마침 두 자리가 남아있었고, 이로써 오늘도 운수 좋은 부부답게 마지막 남은 침대를 차지할 수 있었다. 모처럼 마을에 일찍 도착한 데다 이렇게 볕 좋은 날을 놓칠 순 없어서 가진 옷들을 몽땅 꺼내어 손빨래를 했다. 빨래가 뜨거운 스페인 햇살에 바싹 말라 뽀송해지면 기분이 좋아진다. 잘 마르고 있는 빨래를 바라보며 야외 테라스에 앉아 한껏 여유를 즐겼다. 아까워서 그동안 먹지 못했던 데비가 생일 선물로 준 초콜릿을 드디어 꺼냈다. 여전히 아까워서 조금씩 작은 조각으로 쪼개어 입안에 넣고 오물거렸다. 고소한 견과류가 콕콕 박힌 달콤한 초콜릿 조각은 쌉쌀한 커피와 퍽 잘 어울렸다. 콧노래를 흥얼거리며 이게 행복이 아니면 무엇일까 생각하며 일기를 썼다. 이른 아침에 일어나는 건 힘들었지만 오늘도 하루를 일찍 시작한 덕에 얻은 이 여유가 좋다.

Day 22

- **오르니요스 델 까미노**
  Hornillos del Camino

- **카스트로헤리스**
  Castrojeriz

너는 내 기분을 망칠 수 없어

어젯밤 알베르게에서 어마어마하게 코를 고는 사람들을 만났다. 여기저기서 들리는 탄식과 한숨. 그들을 깨우려는 의도가 다분한 기침 소리가 계속됐다. 코를 고는 2인방을 제외한 모두가 행복하지 못한 밤을 보냈다. 스타워즈 속 전쟁 장면을 방불케 했던 역대급 코골이. 하는 수 없이 아주 이른 시간에 몸을 일으키고 짐을 챙겨 로비로 나왔다. 가볍게 아침을 먹고 나가려는 찰나, 로비에서 내게 막무가내로 무례하게 구는 대만 아주머니 순례자를 만났다. 가뜩이나 밤새 잠을 거의 자지 못해 피곤한 상태인데 이런 사람을 상대하려니 피로감이 배로 쏟아졌다. 영어로 대꾸해보았지만, 말이 통하는 이가 아니었다. 맞은편에 앉아있던 외국인 순례자가 '저 아주머니,

왜 그래?'라는 표정으로 나를 위로하고, 그녀의 남편은 나와 눈이 마주칠 때마다 연신 미안하다는 자세로 두 손을 모으고 사과의 제스처를 취한다. 긴 여행에서 좋은 사람만 만날 거란 생각은 안 했지만 이렇게 대놓고 무례를 범하는 사람을 마주하니 당황스러웠다.

하루의 시작부터 기분이 많이 상했다. 내가 동양인이 아니었더라면, 당신보다 어려 보이지 않았더라면 그래도 그렇게 행동했을까? 뾰로통해진 마음 때문에 남편에게 괜히 그 아주머니에 대한 험담을 늘어놓기 시작했다. 핑크빛으로 아름답게 물들던 하늘을 보면서도 감탄하지 못했다. 순례길에서 가장 빛나는 새벽 시간이 모두 날아가고 난 뒤에야 잘 알지도 못하는 사람의 무례함 때문에 내가 헛되이 보내고 있는 시간이 아깝게 느껴졌다. 이럴 순 없다.

심호흡 한 번 하고, 내 마음을 차분하게 들여다보았다. 그래, 그 사람이 나를 무례하게 대했다고 해서 오늘 나의 하루가 망가질 건 없다. 타인의 행동에 내 기분과 나의 하루가 좌지우지되도록 놔두지 않기로 한다. 난 오늘도 행복하게 걸을 거니까. 홀홀 털어버리고 그까짓 거 날려버리기로 했다.

지금까지 내 인생에서 기분 나쁜 일이 뭐가 있었는지 곰곰이 생각해봤는데 쉬이 떠오르는 장면이 없다. 그래, 이렇게 시간이 지나면 어차피 금방 잊혀지는 기억들이니까 이번 일도 빨리 잊어버리련다. 무례했던 아주머니도 밤새 코 고는 순례자 때문에 잠을 설쳐 예민했을지도 모른다. 혹은 남편이 아침부터 속을 박박 긁었거나, 아니면 그냥 한국인을 싫어하는 사람일지도 모르겠다. 누군가에게 자신이 받은 무례함을 내게 풀었을지도 모르고. 그렇게 생각하자 나는 아주머니를 이해할 수는 없었지만 용서할 수는 있을 것 같았다. 아주머니를 용서하고 편안한 마음으로 즐겁게 걷기로 했다. 신기하게도 오늘 하루를 어떤 감정과 태도로 보낼지 내가 스스로 선택하고 나니, 찝찝하고 무거웠던 마음이 정말로 가벼워졌다. 내 감정을 선택할 수 있는 건 오직 나 자신 뿐이다.

기꺼이 즐겁고 행복하게 걸어온 길. 저 멀리 오늘 머무를 알베르게가 보이기 시작하자 유난히 설렜다. 오늘 머물 곳은 순례길의 알베르게 중에서 유일하게 한국인이 운영하는 알베르게다. 숙소에서 한국 라면도 구입할 수 있고, 저녁 식사는 무려 한식이라고 해서 며칠 전부터 손꼽아 기다리던 날이었다.

알베르게에 체크인한 직후 신라면을 세 개나 구입해서 끓여 먹었다. 저녁 식사는 풍성한 야채가 담긴 비빔밥과 된장국. 어떻게 먹는지 몰라 어리둥절해하는 외국인 순례자에게 먹는 방법을 자랑스레 설명해주었다. 라면도, 한식 저녁 식사도 좋았지만 무엇보다 가장 좋았던 건 앞마당에서 보냈던 오후의 여유로웠던 시간.

오후가 되자 많은 순례자들이 알베르게 앞마당에 삼삼오오 모여 여유로운 시간을 즐겼다. 베드버그에 물려서 대처하는 중인 게 분명한 이태리 할머니는 커다란 비닐 안에 배낭을 넣고 꽁꽁 묶어 배낭에 직사광선이 내리쬐도록 햇빛의 움직임과 함께 자리를 옮겨가며 담배를 뻐끔뻐끔 피웠다. 내 옆에는 이모와 함께 걷고 있다는 귀여운 스무 살의 순례자가 앉아서 이따금 내게 말을 걸어왔고, 맞은편에는 오늘 하루 의사를 자처한 순례자가 다른 이들의 물집을 조심스럽게 터트리고 소독을 해주고 있었다. 친화력이 좋은 고양이는 내가 무릎을 탁탁 치자 내 무릎 위로 우아하게 뛰어 올라와 냐옹 하고 애교를 피워댔다. 고양이의 부드러운 몸을 쓰다듬으면서 조용하고 평화로운, 그러나 어쩐지 친근한 분위기의 이 순간을 즐겼다.

Day 23

● 카스트로헤리스
Castrojeriz

● 포블라시온 데 캄포스
Población de Campos

욕심 내려놓기

오늘은 순례 여정을 시작한 뒤로 가장 오래 걷는 날이다. 무려 28km. 게다가 중간에 산도 하나 넘어야 해서 숙소에서 미리 동키 서비스⁺로 배낭을 부쳤다. 지금껏 늘 평균 20km, 많이 걸어도 25km를 넘지 않다가 오늘 아주 긴 거리를 걷기로 한 건 순전히 내가 점 찍어둔 숙소에 머물고 싶다는 마음 때문이었다. 길에서 만난 순례자가 꼭 가보라며 강력 추천해준 알베르게였다. 찾아보니 도미토리이긴 하지만 1인실 캡슐 호텔처럼 프라이빗하게 구성되어 있고, 그럼에도 가격이 저렴했으며, 무엇보다 예쁘고 아늑한 원목 감성이 물씬 풍겼다.

⁺ **동키 서비스**(donkey service): 원하는 목적지(알베르게)까지 짐과 배낭을 미리 운반해주는 유료 서비스.

숙소 사진과 리뷰를 보자마자 남편에게 강하게 어필했고, 남편은 내가 28km를 충분히 걸을 수만 있다면 가보자고 흔쾌히 수락해주었다. 그렇게 걷게 된 하루 최장의 길이, 28km.

결론부터 말하자면 오늘의 걸음은 나의 무리한 욕심이었다. 험난한 산을 하나 넘었고, 아스팔트 길을 오래도록 걸었다. 평소보다 많이 걸은 탓에 점점 느려지는 발걸음을 애써 재촉했다. 전날 숙소를 예약할 때 오후 세 시 이전에 꼭 도착해야 한다는 신신당부를 받았기에 시간이 갈수록 마음이 조급해졌다. 그간 우리 부부는 체력 안배를 하고 발을 식혀주기 위해 길 위에서 자주 멈추어 쉬면서 느긋한 호흡으로 걸었다. 덕분에 지금껏 우리 발은 물집 한번 잡히지 않고 무사히 버텨줄 수 있었다. 그러나 오늘 우리에게 휴식은 사치였고, 종일 끊임없이 걷고 또 걸었다.

그렇게 오후 세 시를 겨우 맞춰 도착한 알베르게는 내 기대만큼 만족스럽지 않았다. 너무 많이 걸어서 발은 아픈데 늦게 도착하는 바람에 푹 쉬어주지도 못했다. 평소 끄떡없던 남편마저도 다리의 통증을 호소했다. 그에게 미안해졌다. 이건 순전히 나의 욕심에서 비롯된 것이었으니까.

이번만이 아니었다. 지나친 욕심은 언제나 나를 힘들게 했다.

나는 늘 갖고 싶거나 이루고 싶은 것이 생기면 안달이 나곤 했다. 그렇게 욕심이 생기면 조급해지고, 이게 아니면 안될 것 같고. 눈이 멀어 수단과 방법을 총동원해서 그것을 얻고 나서야 허무함을 깨닫곤 했다. 물건, 사람, 일, 직업, 돈, 모든 것에서 그랬다.

우리가 하루에 걷기 적당한 거리는 20km. 오전 7시 이전에 걷기 시작해서 12시 전후에 도착해 반나절은 아무것도 하지 않고 푹 쉬어주는 것. 그리고 저녁을 먹고 여유 있게 잠자리에 드는 생활. 이게 우리와 맞는 적당한 순례길 패턴이라는 것을, 무리해보고 나서야 깨닫는다. 퉁퉁 부어서 제대로 걷지도 못하는 발을 마사지해주면서 다시금 생각한다. 앞으로는 조금 덜 걷더라도 내가 감당 가능한 만큼만, 나의 배낭을 온전히 짊어지고 걸을 수 있는 만큼만 걷자고. 숙소가 다 거기서 거기지 뭐. 욕심 내지 말자. 무리하지 말자.

Day 24
- 포블라시온 데 캄포스
  Población de Campos

- 카리온 데 로스콘데스
  Carrión de los Condes

함께 걷는다는 것

"음, 아무래도 '펭보' 같은데."

"아니야. 그보다는 '수줍은 딸기'가 더 잘 어울리지 않아?"

어제 숙소가 별로라고 그렇게 궁시렁거리던 게 무색할 만큼 나는 밤새 아주 잘 잤다. 동도 트기 전에 가뿐하게 일어나 아직 지지 못한 달을 벗 삼아 걷기 시작했다. 해가 뜨기 직전의 하늘은 늘 너무 아름다워 감탄할 수밖에 없다. 찰나에 지나갈 이 아름다운 순간을 놓치고 싶지 않아서 매일 무거운 몸을 부지런히 일으키고, 양손에 다시 스틱을 쥔다. 타닥 타닥, 스틱 소리에 맞춰 아무도 없는 어두운 길을 남편과 걸었다. 그리고 잠시 길 한복판에 멈추어 섰다. 무심코 고개를 들어 바라본 하늘이 아름다운 동화처럼 서서히 따스한 빛으로 물들고 있었다. 내가 가장 좋아하는 쇼 타임 시작.

"사람들은 이런 하늘을 뭐라고 부를까?"

뜬금없는 나의 질문에 남편은 '펑보(핑크빛 보라색)'라 답했고, 나는 '수줍은 딸기'라고 부르기로 했다. 방금 고백한 수줍은 여고생의 뺨처럼 부드럽게 핑크빛으로 스미는 하늘을 오랫동안 바라보았다. 이 풍경을 볼 수 있다는 것만으로도 남들보다 일찍 일어나서 걸을 가치는 충분했다.

새삼 우리 둘 다 애쓰지 않아도 자연스럽게 나란히 걷고 있다는 것을 깨달았다. 순례길 여정 초반에는 남편과 함께 발 맞춰 걷는 게 힘들었다. 배낭도 무겁고, 등산화도 무거워서 도통 속도를 낼 수가 없었다. 그래서 남편을 앞으로 먼저 보내고 뒤에서 혼자 천천히 걷곤 했다. 내가 남편의 속도에 맞춰 무리해서 걷는 것도 싫었고, 남편이 본인의 속도를 줄이고 내 걸음에 맞추는 것도 싫었다. 각자가 서로 편안해하는 속도로, 그렇게 걷는 길이 마음이 편했다.

길의 절반을 걸어온 지금, 일부러 서로 맞춰 걷지 않아도 우리의 발걸음과 속도가 비슷해졌다. 신기한 일이다. 그럼에도 가끔 혼자 걷고 싶어지면 조용히 뒤로 가서 남편의 등을 보며 천천히 따라 걷는다. 특히 목표 구간을 5km 정도 남겨두었을 무렵이면 그때부터 혼자 걷고 싶어지는데, 이유는 몸이 힘들기 때문이다. 남편과 노래를 따라 부르고 가벼운 장난을 치거나 대화를 나눌 에너지조차 더 이상 남아있지 않을 때, 나는 그냥 혼자 걷는 쪽을 택한다. 남편이 옆에서 으쌰으쌰 해주는 게 힘이 되기는 하나, 결국은 내가 내 힘, 내 발, 내 의지로 걸어야 하는 길이 바로 까미노인 것이다. 그래서 사람들이 까미노는 함께 걷지만 결국 혼자 걷는 길이라고 말하나 보다. 오늘도 함께 걷지만 혼자 걷는다.

수녀원 도난사건

5유로짜리 공립 알베르게. 이곳은 수녀원에서 운영하는 알베르게다. 오래되고 낡은 건물이지만 먼지 한 톨 없이 깨끗하고 정갈하게 관리 되어 있는 모습이 무척 마음에 들었다. 다른 알베르게와 다르게 모두 단층 침대로 이루어져 있어 위층 아래층 침대를 신경 쓰지 않고 마음 편히 내 공간을 누릴 수 있다는 점도 좋았다. 특히 온화한 표정의 수녀님들이 함께 계셔서 그런지 그냥 이상하게 다른 날보다 마음이 편안했다. 대부분의 순례자도 이곳에 와서 나와 비슷하게 느꼈나 보다. 모두가 경계와 긴장을 풀고 조금씩 느슨해졌다. 그리고 그 틈에 아무도 없는 룸에서 충전 중이던 두 개의 핸드폰이 도난당하는 사건이 발생했다.

오후에 룸을 들락날락하는 내내 눈에 띄었던 핸드폰 두 개를 떠올렸다. 평화롭던 수녀원은 이내 소란스러워졌고 경찰이 찾아왔다. 순례자 행세를 하며 공립 알베르게만 공략해 고가의 물건과 현금을 훔쳐가는 사람이 있다고 했다. 아마 핸드폰 도둑을 잡기는 힘들 거라는 말도 덧붙여졌다.

얼마 안 있어 수녀원 곳곳을 돌아다니며 애처로운 표정으로 도움을 청하는 여자를 보았다. 이야기를 들어보니, 누군가 순례자가 샤워하는 틈을 타 가방 깊숙한 곳에 숨겨둔 현금을 몽땅 훔쳐 갔다고 했다. 모두들 핸드폰 도둑과 동일 인물일 거라 수군거렸다. 현금을 도둑 맞은 순례자는 몇 개월간 모아온 돈을 가지고 아주 빠듯하게 순례를 이어오고 있는 가난한 학생이라고 들었다. 모든 전의를 상실하고 울고 있는 청년을 위해 여자는 조금씩이라도 도와달라며 복도를 돌아다니고 있었다. 도둑을 잡아 돈을 되찾을 수는 없으니, 다른 순례자들에게 도움을 받기로 한 것이다.

"제 친구를 위해 우리가 조금씩 돈을 모아준다면 친구는 순례 여정을 끝까지 이어갈 수 있어요. 한 사람당 1유로씩 100명이 모아 주면 100유로라는 큰 돈이 돼요. 조금만 도와주세요."

안 지 며칠 안 됐다는 친구를 위해 이렇게 온 방을 돌아다니는 그녀의 용기가 멋졌다. 더 멋진 장면은 그 다음에 나타났다. 도난 당한 핸드폰의 주인인, 방금 전까지 여기저기 전화하느라 정신 없던 아저씨가 10유로짜리 지폐를 꺼내 들고 현금을 도난 당했다는 청년을 찾아 다니고 있었다. 아, 마음이 찌릿찌릿. 이상했다.

그 모습을 보자마자 돈을 건넬까 말까 망설이고 있던 나는 얼마 안 되는 돈을 가지고 수녀님을 찾아갔다. 청년에게 직접 주는 것보다 수녀님을 통해 전하는 편이 훨씬 부드러운 방법일 것 같았다. 수녀님은 이미 나와 같은 마음으로 본인을 찾아온 순례자가 많다고 했다. 청년에게 건네 줄 하얀 봉투를 손에 꼭 쥐고 있던 수녀님은 온화한 미소를 지으며 나를 안아주셨다. 그 저 아주 작은 것을 나누었을 뿐인데, 되려 내가 더 많은 것을 받은 기분이다. 함께 길을 걷는 동지들 덕분에 그 청년이 다시 힘을 내어 자신의 길을 마저 완주할 수 있을 것 같아 다행이었다.

그날 밤, 자기 전에 우연히 주방에서 현금을 도난 당했다는 그 청년을 만났다. 내향적인 나는 망설이다가 청년 옆에 용기 내어 앉았다. 하고 싶은 말이 있다고 했다. 언뜻 보기에도 속이 빈약해 보이는 샌드위치를 먹다 말고 청년은 나의 눈을 물끄러미 바라보며 내가 전할 말을 기다렸다. 그때 그의 눈은 참 맑았다. 나는 솔직하게 오늘 느꼈던 마음을 전했다.

"내게 새로운 감정을 알게 해줘서 고마워. 나는 네가 꼭 이 길을 완주했으면 좋겠어. 잃어버리는 것을 걱정하지 마. 너의 곁엔 언제나 지금처럼 함께 걷는 사람들이 있을 거야."

그는 나를 가볍게 포옹해주었고, 연신 고맙다는 말을 건넸다. 어쩐지 눈물이 날 것 같았다. 위로를 주려고 했는데, 내가 더 큰 위로를 받은 기분이 들었다. 순례길은… 참 신기하고도 이상한 길이다.

Day 25

- 카리온 데 로스콘데스
  Carrión de los Condes

- 칼사디야 데 라 쿠에사
  Calzadilla de la Cueza

나의 초심

어느덧 순례길의 절반을 걸었다. 완주가 까마득하게 느껴져 도망가고 싶다고 생각했던 지난 날이 무색할 만큼, 요즘은 시간이 빛의 속도로 흐르는 듯하다. 중간 정산 차, 나의 까미노를 되돌아보았다. 그리고 생각했다. 초심으로 돌아가야 할 때라고.

순례길 초반만 하더라도 나는 가방에 음식을 많이 챙기지 않았고(그래서 상점 하나 안 나오는 구간에선 배고파서 힘들긴 했지만), 최정예 소수 구성품만 넣은 간결한 가방을 메고 매일 단순하게 먹으며 가볍게 생활해왔다. 하지만 어느새 나는 한국에서의 생활처럼 매일 또다시 내가 지닌 것들의 무게에 짓눌리며 길 위의 아름다움과 현재를 즐기지 못하고 허덕이고 있다. 내 가방이 무거워지면 결국 남편이 뭐 하나라도 더 본인이 가져가서 대신 짊어지려고 하니까, 내가 욕심을 내면 낼수록 남편의 배낭도 덩달아 무거워진다. 그래서 요즘 우리 부부는 둘 다 무거운 가방을 메고 힘겹게 걷고 있다.

처음 길을 걷기 시작했을 때는 마을이나 작은 구멍가게조차도 없는 구간이 꽤 길었고, 배고픔을 참아야 하거나 음식 요금을 바가지 맞는 일이 비일비재했다. 그러다 보니 먹을 거리를 구입할 기회가 올 때마다 조금씩 조금씩 만일의 사태를 대비해서 더 구입하고 쟁여두는 습관이 생겼다. 여분으로 챙기는 것이 하나 둘 늘어나기 시작했고, 지금은 쟁여둔 것들이 가방의 무게에 영향을 줄 만큼 눈덩이처럼 불어났다. 아마 사나흘간 아무것도 사지 않고 가방 속에 있는 것으로만 먹어도 충분할 것이다.

곰곰이 생각해보면 식당이나 작은 슈퍼 하나 없이 걷는 구간은 초반에만 몇 번 나왔을 뿐, 요즘은 굶으며 걸어본 적이 없다. 혹 앞으로 그런 구간이 나온다 하더라도 전날에 미리 조금 더 구입해두는 것으로 충분할 것이다. 더 이상 가방 속에 음식을 쟁이지 않기로 한다. 때때로 부실하고 조금 부족한 듯 챙겨먹는 식사 또한 기꺼이 받아들여야겠다. 매일 수십 km를 걷고 있는데 뱃살이 전혀 빠지지 않는 것만 보아도 나는 이미 충분히 잘 먹고 있다.

가진 게 많고, 내가 쥐고 있는 게 많고, 소중한 물건이 많아질수록 나의 자유는 줄어들고 얽매일 수밖에 없다는 사실을 새삼 깨달았다. 분명 심혈을 기울여 간소하게 챙긴 배낭인데도 걷다 보니 한 번도 쓰지 않은 물건들이 생긴다. 도심지에서 입겠다고 가져온 원피스가 그렇고, 간단하게 메이크업 하겠다고 챙겨온 화장품들이 그렇다. 이번 기회에 필요 없는 것들을 줄이고 비워내어 조금 더 가볍게 걸어야겠다고 생각했다. 만약 지금 내가 가진 배낭 속 물건들 중 절반이 사라진다 하더라도 나는 순례길을 무사히 마칠 수 있을 것이다. 솔직히 세계여행도 그 정도의 짐으로 충분히 가능할 것 같다. 아니, 한국에서의 생활도 그 정도면 된다. 가진 물건이 적을수록 생활은 더 심플해진다. 몸도 마음도, 삶을 살아가는 패턴이나 생각하는 방식도 단순해진다. 여행도 똑같다는 것을 걸어보니 알겠다. 짐이 가벼울수록 확실히 여행이 더 즐거워진다. 챙겨야 할 것, 들어야 할 것, 정리해야 할 것들이 적어지니까.

산티아고 순례길을 통해 내게 필요한 물건의 양은 생각보다도 정말 정말 적다는 것을 다시 깨닫게 된다. 욕심 내지 말자.

미래를 위해서, 나중을 위해서라는 이유만으로 물건을 소유하지 말자. 내 배낭의 짐을 최소화해서 나의 어깨와 두 팔의 자유를 더욱 가볍게 즐겨보자. 오늘 그렇게 다짐하며 길을 걸어본다.

한 달이 채 안되게 걸어온 여정. 순례길은 나를 좀 더 단순한 사람으로 만들어주었고, '나는 이런 사람이야'라고 스스로 가지고 있던 틀을 많이 깨트리게 해주었다. 베드버그에 물려 혼쭐이 나보기도 하고, 하루 28km를 내 힘으로 걸어보기도 하면서. 내가 얼마나 강한 사람인지 내가 가진 잠재력이 얼마나 무궁무진한지 매일 온몸으로 느끼며 감동하고 있다.

Day 26

● 칼사디야 데 라 쿠에사
Calzadilla de la Cueza

● 사아군
Sahagún

처음으로 물집이 잡혔다

여분의 음식을 쟁이는 욕심을 자제하자 했더니, 이번에는 걷는 거리에 욕심이다. 오늘 걸어야 하는 거리가 조금 길기도 했고, 뜨거운 햇살을 피해 이른 오전에 빨리 많이 걸으려다가 결국 탈이 나고 말았다. 마을에 거의 다 도착했을 때쯤 양발에 이상한 통증이 찾아왔다. 평소 많이 걸어서 느끼는 그런 통증이 아니었다. 걸을수록 점점 심해지는 통증에 알베르게를 목전에 두고 멈춰 서서 양말을 벗었다. 왼쪽 뒤꿈치는 커다란 물집이 잡히기 직전의 상태로, 손으로 만지자 아무런 감각이 느껴지지 않았다. 오른쪽 발가락에는 이미 물집이 잡혔고 안에 물이 가득 차 있었다. 이로써 나는 순례길을 걷기 싫었던 이유 두 가지를 모두 겪게 되었다(물집과 베드버그). 남편이 손수

건에 물을 적셔 발바닥의 열을 식히는 응급 처치를 해주었다. 다행히 그 후로 더 심해지진 않고 있다.

몸이 주는 신호에 조금 더 귀를 기울였어야 했는데. 적어도 한 시간에 한 번씩은 양말을 벗어가며 발을 말려주었어야 했는데. 그동안 계속 세심하게 관리해왔기에 지금껏 물집 없이 무탈하게 400km를 걸어올 수 있었다는 사실을 잠시 망각했다. 자만했던 것 같다. 마치 내가 처음부터 원래 잘 걸어왔던 사람인 것인 것처럼 자만하고 6km를 빠른 속도로 쉬지 않고 걸었다가 이 지경이 되었다. 나는 지금 정말이지 엄청나게 후회하고 있다.

오늘의 알베르게는 내부에서 진행하고 있는 순례자 행사가 굉장히 많았다. 체크인하며 나의 의사와 상관 없이 길고 긴 설명을 들어야만 했다.

"함께하는 티타임도 있고, 미사, 디너가 있어요. 도네이션(기부제)으로 진행되는 아침 식사도 있고요."
"오늘 무리해서 많이 피곤해요. 아쉽지만 아무것도 참여하지 않고 일찍 잠에 들 예정입니다."

정중하지만 단호하게 거절 의사를 표했다. 우리 부부의 성향에는 기부제 알베르게, 커뮤니티 디너, 함께 티타임을 즐기는 시간 등은 맞지 않는다. 정해진 금액의 돈을 지불하고 정당하고 가치 있는 서비스와 응대를 받길 바란다. 순례자의 길과 조금 어울리지 않는다 하더라도 나는 그 편이 내 마음이 편하고 좋다. 그동안 호스피탈레로의 기분이 상할까 봐 원치 않을 때도 다양한 알베르게 행사에 참여하곤 했다. 하지만 다른 사람의 기분을 배려하는 그 때에 정작 내가 가장 먼저 배려해야 할 사람은 나 자신이라는 것을 모르고 있었다. 이제는 안다. 누구보다 내 마음이 가장 중요하다. 나는 이곳 알베르게 행사 참석을 원치 않았고, 그래서 단호하게 거절했다. 행사는 그 자리를 원하는 다른 순례자들로 채워질 것이다. 용기 내어 거절한 덕분에 나는 이른 저녁부터 잠에 들어 간만에 숙면을 취할 수 있었다. 2인실이니 누굴 신경 쓸 필요 없이 자고 싶은 만큼 오래 자고, 느지막하게 일어나 체크아웃 시간에 맞춰 다시 길을 떠났다.

Day 27

사아군
Sahagún

베르시아노스 델 레알 까미노
Bercianos del Real Camino

내 몸을 사랑하기로 했다

느긋하게 하루를 연 오늘. 오전 8시에 문 밖을 나서니 이미 대부분의 순례자는 출발하고 마을 전체가 한산하다. 북적거리고 소란스러웠던 분위기가 썰물처럼 모두 다 빠져버리고 휑한 거리에 뚜벅뚜벅 우리 두 사람의 발자국 소리만이 울려 퍼졌다. 등굣길에 늦장 부리다가 친구들 먼저 다 학교로 가버리고 홀로 거리를 걷는 지각생이 된 것 같은 묘한 기분.

요즘 들어 계속 무리하며 걷다 보니 발목과 무릎의 상태가 좋지 않아서 미리 알아봐둔 약국에 들렀다. 든든하게 지지해주는 보호대를 착용하니 한결 낫지만, 그럼에도 역시 평소보다 걷는 게 쉽지 않다. 상태가 안 좋아 악화시키지 않으려고 조심하며 걸으니 남편과의 거리가 점점 멀어진다. 평소라면 천천히 걷자며 앞서가는 남편을 불러 세웠을 텐데, 그도 혼자 생각하는 시간을 갖고 싶은 것 같아 보여서 그냥 나는 나대로 뒤에서 조용히 걸었다. 서로의 간격이 너무 벌어질 때마다 남편이 서서 나를 기다려주며, 그렇게 따로 또 같이 사이 좋게 걸었다.

구름이 해를 가려주고 적당히 바람도 불어 걷기에는 더할 나위 없이 좋은 날씨였다. 끝없이 이어지는 양귀비 꽃길을 따라 걸었다. 바람결에 살랑이는 말갛고 빨간 꽃과 푸른 하늘이 한껏 대조되어 지금이 꿈결인지 현실인지 가늠하기 어려웠다. 최소한 내 몸의 컨디션이 좋을 때만큼은, 아직 한낮의 더위가 나를 덮치지 않을 때만큼은 언제나 내게 순례길은 이런 곳이다. 참 경이롭게 아름다운 곳.

걸을 때마다 구석구석 안 아픈 곳이 없는 오늘은 내 몸의 상태에 대해 생각했다. 걸으면서 발목이나 허리가 조금 뻐근하거나 불편한 적은 몇 번 있었으나, 딱히 크게 아픈 건 아니라서 몸이 보내오는 신호를 매번 무시했다. 어디 아프지 않고 그저 잘 지내고 있으니 괜찮겠거니 했다. 그래서 몸을 좀 소홀히 대했다. 무릎이 아프고, 발목이 시큰거리고, 물집이 잡히고, 감각이 다 사라지고 나서야 이것도 내 몸이라는 것, 아주 작은 부위라도 내게 꼭 필요한 몸이라는 걸 깨닫는다. 그동안 내가 내 몸을 진정으로 아껴주지 않은 것 같다. 몸이 통증으로 아프다는 신호를 보내고 나서야 아차! 하며 알아차린다. 소 잃고 외양간 고치는 격이다. 왜 진작에 살뜰히 챙기지 않았던 걸까.

문득 내 몸에게 너무 미안해졌다. 늘 나보다 남을 먼저 챙겼고 남에게 어떻게 보이는지 신경 쓰면서 정작 제일 중요한 내 몸은 무심하게 대하며 살아왔다는 걸 생각하니 내 몸에게 너무 미안해지며 울컥했다. 아무것도 없는 광활한 평지를 걸으면서 눈물이 볼을 타고 계속 흘렀다. 발목에서 시작된 통증은 어느새 허리까지 올라왔다. 길을 걸을 때마다 더 깊게 파고드는 묵직한 통증에 덜컥 겁이 나기 시작한다. 온 신경을 집중해 지금 몸이 아프다고 보내오는 신호에 집중했다. 그리고 무신경해서 미안했다고, 앞으로는 잘 챙기겠다고, 제발 순례길을 무사히 완주할 수 있도록 조금만 더 버텨달라고 기도했다.

이제부터는 내가 먼저 내 몸을 아끼고 소중히 대하며 사랑해주어야겠다고 결심했다. 부모님도 남편도 내 몸을 나만큼 아껴주지는 못한다. 내 몸은 내가 아껴주어야 한다. 내 몸과 대화를 나눈다는 것의 의미와 나를 사랑하는 방법을 이 길 위에서 고통과 함께 새로 배우고 있다. 다시는 잊어버리지 않을 것이다.

매일 아침 걷기보다는 쉬고 싶어하는, 물 먹은 솜마냥 무거운 몸을 질질 끌며 걸어왔다. 카페에 들어가 따뜻한 커피 한 잔을 하며 나를 어르고 달랜다. 매일 딱 하루치만큼 상심하고 힘겨워하면서, 딱 하루치만큼 기뻐하고 뿌듯해하면서 그렇게 걷고 있다. 때론 한국에서 알뜰살뜰 아껴 모은 세계여행 경비와 하루하루가 아쉬운 유럽에서의 체류 허가 일수를 매일 몇 시간씩 걷는 데에만 몽땅 써버려도 되는 걸까 아까워한 적도 있었고, 이렇게 걷는 건 내게 아무 의미가 없다고 생각하기도 했다.

하지만 지금은 완전히 달라졌다. 이 경험이 내 인생에서 얼마나 귀한 경험이고 배움이 될지 누구보다 강하게 확신하고 있다. 지금은 그냥 매일 하루치의 변화를 만들어내며 하루하루를 살아내고 있다. 매일 걷고, 매일 나와 대화하며, 한국에서는 결코 살아본 적 없는 방식으로.

남편이 너는 이 길에서 깨닫는 게 매일 그리 많냐고 할 정도로 나는 이곳에서 인생에 대해, 그리고 나에 대해 새롭게 알아가고 있다. 할 이야기도, 나누고 싶은 생각의 변화와 가치들도 참 많은데 누구와도 나눌 수 없으니 매일 밤 나의 일기장만 빼곡하게 채워지고 있다.

Day 28

● 베르시아노스 델 레알 까미노
  Bercianos del Real Camino

● 만시야 데 라스 물라스
  Mansilla de Las Mulas

인생의 축소판

"여보! 여기 베드버그가 있어."

"또? 어휴… 오늘 세탁기 있는 알베르게 가야겠네."

이제는 놀랍지도 않다. 이른 새벽에 떠날 채비를 하다가 침대 위에 올려둔 하얀색 봉투 위를 뽈뽈뽈 지나가는 베드버그한 마리가 내 눈에 포착됐다. 이 녀석과 처음 만났을 때의 당혹감과 긴장은 더 이상 없다. 아, 또 너구나. 응, 그래. 봉투를 살짝들었더니 아주 빠른 속도로 봉투 안으로 숨어버리는 모습은 조금 놀라웠다. 안쪽에 숨어서는 죽은 듯이 움직이지 않던 베드버그. 이렇게 숨어 지내는 데에 귀재니까 내가 그렇게 호되게 당했던 거구나. 그렇지만 이제는 당하지 않아. 밤새 물리지 않았음에 감사했고, 베드버그 방지패드를 선물해주고 간 리오와 데비 부부에게 무척 고마운 아침이었다.

사실 어제 체크인하자마자, 나는 매트리스를 들춰가며 구석구석 꼼꼼하게 확인했고 그러던 중 작은 유충 한 마리를 봤다. 만약 유충을 보지 못했더라면 숙소가 아주 깨끗하다며 안심하고 잤을 거다. 꼼꼼히 확인한 덕분에 배낭을 꽁꽁 묶어 침대에서 멀찍이 떨어뜨려 놓았고, 매트 위에 내 소지품은 아무것도 올려 두지 않고 잤다. 덕분에 오늘 성충을 보고서도 대처를 손쉽게 할 수 있게 됐다. 입고 잔 옷과 깔고 잔 모든 것을 봉투에 담아 밀봉했다. 지금은 일단 걷고 다음 숙소에 가서 어떻게 할지 결정하기로. 이번 순례 여정이 끝나면 본격적인 세계여행을 시작하는 나를 위해 이 길이 베드버그에 관한 다양한 경험치를 쌓게 해주려고 계속 이런 시련을 주는 것 같다는 생각이 든다. 그럼 기꺼이 받아들여 열심히 대처하며 잘 지내봐야지. 별 수 있나.

오늘은 베드버그 출몰 지역으로 유명한 마을 두 곳에서의 숙박을 피하기 위해 26km를 걷는 날이다. 고민 끝에 동키 서비스를 이용했다. 이용 안했으면 어쩔 뻔 했나 싶을 정도로 오늘 나의 발과 발목, 무릎의 상태가 좋지 않다. 천천히 걸으며 가다 서다를 반복했고, 중간중간 자주 쉬었다. 무리하지 말자, 무리하지 말자 매일 생각하지만 사실 생각만큼 쉽지는 않다. 늘 생각보다 마음이 앞서는 탓이다. 발목이 시큰거릴 때마다 꾹 참으며 다짐한다. 천천히, 조금씩 걷자고. 조금 천천히 가면 어때. 누구와 경쟁하기 위해 걷는 길도 아닌 걸.

순례길은 정말 인생의 축소판 같다. 삶의 끝엔 죽음이라는 허무함이 남는 것처럼, 어쩌면 이 길의 끝에도 내게는 허무만 남게 될까. 우리가 죽음을 목표로 하고 살지 않는 것처럼, 이 길도 완주를 바라보며 걷기보다 이 여정 자체를 즐겨야 하는 게 아닐까 하는 생각이 든다. 한 달가량을 걷다 보니 다양한 속도로 자신만의 까미노를 즐기는 많은 사람들이 보인다. 눈 깜짝 하면 시야에서 사라질 정도로 빠르게 뛰다시피 걷는 이들도 있고, 다른 이들의 속도보다 한참 느리게 걷는 사람들도 있다. 사람들이 걷는 방향과 반대로 걷는 사람도 있고, 한 번에 많이 걷는 사람, 조금씩 자주 쉬며 걷는 사람도 있다. 그런 친구들을 옆에서 쭉 지켜보면서 깨달은 사실이 있다. 하나, 그들의 속도는 내 여정과는 전혀 상관이 없다는 것. 둘, 그러니 내가 아닌 남과 비교하며 조급해하거나 우쭐해 할 필요가 없다는 것이다. 이걸 깨닫고 나니 내 속도로 나의 길을 걷는데 마음이 무척이나 편안해졌다. 앞으로 살면서 남과 비교하며 괴로워하는 것으로 내 인생을 허비하는 일은 더 이상 없을 것 같다.

이 길은 그렇다. 하루 종일 걷는 것 외에는 할 게 없으니 생각도 많이 하게 되고, 무엇보다 지금까지 살아온 인생을 차근차근 되돌아보게 된다. 그래서인지 순례길 위엔 젊은 친구들도 많지만 은퇴하고 오신 분, 지긋이 나이 드신 분들도 많다. 제 2의 삶, 인생의 두 번째 막을 시작하기 전에 그간의 삶을 정리해보고 싶으신 게 아닐까 싶다. 반면에 나와 같이 젊은 친구들은 이 길 위에서 새로 배우게 되는 것들이 더 많은 것 같다. 돈 주고는 절대 얻지 못하는 귀한 경험들 말이다.

순례길이 단순한 하나의 길처럼 보여도 사실 모두에게 같은 길은 아니다. 함께 길을 걷고 있어도 저마다 경험하는 것과 느끼는 것, 깨닫는 것들이 모두 다르다. 매일 함께 걷는 우리 부부도 순례길에 대해 가지고 있는 느낌은 각자 완전히 다를 것이다. 이 길은 각자의 인생 시기에 맞는, 꼭 필요한 것들을 얻을 수 있는 곳이다. 그 이유를 설명할 수는 없지만 나는 아주 명확하고 또렷하게 느낄 수 있었다. 내가 순례길에 온전히 마음을 열자, 순례길도 내게 드디어 진짜 길을 보여주기로 한 것이다.

Day 29

만시야 데 라스 물라스
Mansilla de Las Mulas

레온
León

허리의 통증

매일 평균 20km를 걷는 것 같다. 평소 2km도 안 걷고 살아온 내 몸에게는 역시나 무리였나보다. 조금씩 아프던 발목과 무릎의 통증이 심해졌다. 임시방편으로 약국에서 보호대를 사서 착용했는데, 효과는 미미하다. 뒤꿈치나 발가락에 작은 물집들이 생기기도 한다. 잠시 걷는 것을 멈추고 쉬어 갈 때가 온 것 같다. 순례길이 지나가는 도시들 중에서 가장 큰 도시라는 레온에서 며칠 머물며 쉬어 가기로 했다.

"드디어 오늘 레온 가는 날이라고!"

이른 새벽에 일어나 나갈 채비를 하며 덩실덩실 춤을 췄다.

남편도 나도 레온만 도착하면 며칠간 휴가를 즐길 수 있단 생각에 아침부터 신이 났다. 오랜만에 만난 어마어마하게 코골이를 하는 순례자 때문에 밤새 잠을 설쳤지만, 덕분에 우리는 평소보다 훨씬 일찍 숙소에서 나와 출발할 수 있었다. 그 덕에 더 아름답고 예쁜 새벽과 만날 수 있었다. 모든 일이 그냥 일어나는 게 아님을 느끼고 있다. 내게 주어진 모든 순간을 온전히 받아들일 때, 인생은 한 뼘 더 신나고 재밌어지는 것 같다.

대문 밖까지 우리를 배웅하려고 나온 알베르게의 호스피탈레로와 함께 오늘의 셀카를 찍었다. 피곤해서 생긴 쌍꺼풀이 도통 사라질 생각을 안한다. 퉁퉁 부어서 제대로 뜨이지도 않는 눈을 비비며 세수하고 양치를 하고, 머리를 질끈 묶고 선크림만 대충 바르고 나온 길. 그럼에도 우리 두 사람의 얼굴에는 생기가 넘친다. 길이 주는 힘을 받고 있다. 더 자주 지금의 내 모습을 사진으로 남겨두기로 한다. 분명 미래의 나는 지금의 나를 무척 그리워할 테고, 이 순간의 에너지를 믿지 못할 테니까.

어스름하게 동이 트는 광경, 그 속에서 찬란한 햇빛이 스며드는 하늘을 향해 뚜벅뚜벅 걸었다. 영화 〈라라랜드〉의 포스터 속 하늘이 생각나는 최고의 날이었다. 내가 걷는 길을 가운데 두고서 오른쪽에서는 해가 뜨고 있고 왼쪽에서는 달이 지고 있었다. 이 신비롭고 아름다운 장면을 보며 나는 말을 잇지 못했다. 걷는 데에만 집중하는 듯 보였던 순례자들조차도 그 순간만큼은 걸음을 멈추고 서서 모두 사진을 찍고 있었다. 나 역시 그들 옆에 나란히 서서 조용히 눈 앞의 풍경을 감상했다. 이 순간을 평생 잊지 못할 것 같다고 넌지시 속삭이던 순례자에게 나도 그럴 것 같다고 답해주었다.

"오늘 이 광경을 볼 수 있는 순례자는 더 없겠지? 이제 달이 지고 있으니까."

남편이 말했다. 그 순간 이 신비로운 순간에 내가 나의 두 발로 이곳에 서 있다는 현실감이 와락 느껴졌다. 코골이 아저씨, 고마워요.

오늘 머문 숙소는 깔끔하고 너무 좋았다. 그러나 완벽한 숙소는 없다! 숙소가 깨끗하면 코골이 순례자가 있고, 조용하게 쉬기 좋은 곳이라면 숙소 내부가 지저분했다. 와이파이가 잘 되면 핸드폰을 충전할 곳이 없고, 개인 콘센트가 침대마다 있다면 와이파이가 안 됐다. 하하. 일부러 이렇게 만들어둔 걸까 싶을 만큼 모든 것이 완벽한 곳은 어디에도 없었다. 신기했다.

좋다가도 싫고, 울다가도 웃고, 포기하고 싶다가도 끝까지 걸어보고 싶은 순례길과 알베르게는 참 많이 닮아 있다.

좋은 일이라는 것이 언제나 좋은 순간에 좋은 모습으로 나타나지는 않는다는 것을 알게 됐다. 나에게 왜 자꾸 이런 최악의 일들이 일어나는 걸까 싶은 순간이 있다. 하지만 시간이 한참 지나고 나면 그 모든 것들이 내게 꼭 필요한 경험이었다는 걸 깨닫게 된다. 그렇게 감사하는 마음으로 천천히 레온까지 가는 여정을 즐겼다. 오랜만에 가는 대도시이고 큰 마음 먹고 호텔까지 예약해둔 터라 설렜다. 레온부터는 왠지 순례길의 후반이 시작되는 것 같아서 더 이날을 손꼽아 기다렸던 것 같다.

'일주일 뒤에는', '모레는', '내일은' 우리 레온에 가잖아, 하며 버텼던 지난 날들. 레온을 향해 걷는데 왠지 나의 산티아고 순례길 제 1막이 끝나는 듯한 기분이 들었다. 오늘은 내겐 너무 벅찼던 산티아고에 스며들기 위해 고군분투했던 제 1막의 마지막 장. 레온 이후부터 새롭게 시작될 나의 순례길은 또 어떨까. 이제 완주까지 315km 남았다는데, 생각보다 얼마 남아있지 않은 시간이 확 체감되면서 좋다가 싫었다가 하는 묘한 양가감정이 찾아왔다. 순례길을 걷는 내내 느꼈던 감정이자, 아마 완주 후에도 계속 느끼게 될 감정이었다.

남편과 순례길 전반전에 대한 소감을 나누며 한참 걷고 있는데, 갑자기 허리에서 강한 통증이 느껴졌다. 악! 하는 비명과 함께 그 자리에서 바로 배낭을 풀어 바닥에 떨어트렸다. 허리를 굽힐 수도, 펼 수도 없는 통증에 너무 놀라서 어쩔 줄 모르고 입을 벌리고 구부정하게 선 채로 움직일 수가 없었다.

가끔 골반 쪽이 아프긴 했지만 심하지 않아서 별로 개의치 않고 있었다. 다들 그렇게 아프지만 참고 걷는 게 순례길이라고 생각했으니까. 하지만 이번 통증은 달랐다. 이러다 평생 허리병을 달고 살게 될까 봐 덜컥 겁이 났다. 나의 배낭은 남편이 대신 짊어지고 걸었다. 통증에 한껏 예민해져서 한걸음 한걸음 겨우 걷고 있는 와중에 눈물이 계속해서 주룩주룩 흘렀다. 나 때문에 배낭을 두 개나 메고 걷는 남편에게도 너무 미안하고, 한편으로는 억울하기도 했다. 이 길을 걷는 내내 그랬다. 마음을 추스르면 몸이 아팠고, 몸이 회복되면 꼭 멘탈이 무너지는 일들이 생겼다. 나도 이제야 순례길이 좋아졌는데. 나도, 나도 이제서야 진심으로 꼭 완주하고 싶어졌는데 왜 하필 지금 아파오는 거지. 결국 걸음을 지속하지 못할 만큼 감정이 격해져서 언덕 중턱에 잠시 멈추어 섰다. 한참을 숨죽여 울고 또 울었다. 남편은 아무 말 없이 감정의 파도를 넘는 나를 기다려주었다.

한껏 울고 나니 감정의 응어리가 풀어졌다. 일단 천천히 걸어 목적지로 가자고, 호텔에 체크인을 하고 나면 배낭의 짐을 한번 더 줄이자고 생각했다. 무게가 줄어들면 허리에 조금은 도움이 될 테니까. 그러고도 허리가 버티기 힘들어하면 매일 배낭 배달서비스를 이용해서 맨몸으로라도 걷자고, 그것도 힘들면 조금씩만 걷고 버스나 택시를 이용하자. 아주 가끔 모습을 드러내는 이성적인 나는 휘몰아치는 감정에 어쩔 줄 몰라 하는 또 다른 나를 달래고 해결책을 제시해주었다.

괜찮아, 괜찮아. 어떻게든 해보자. 지금 할 수 있는 것들을 생각하자. 그리 생각하니 마음이 차분해졌다. 그리고 거짓말처럼 허리 통증도 사라졌다. 남편에게 배낭을 건네 받고 다시 천천히 레온을 향해 걸었다.

대도시에서의 휴식

어제 오후 무렵, 레온에 도착했다. 허리와 무릎의 회복을 위해서 작정하고 며칠 쉬기로 했다. 적당히 먹고, 충분히 낮잠을 자고, 모처럼의 휴식을 느긋하게 즐긴 하루. 욕조 안에 따뜻한 물을 받아 반신욕을 하면서 묵직하게 쌓인 다리의 피로를 풀었다. 목욕 후 깨끗한 옷으로 갈아입고 냉장고에서 차가운 생수를 하나 꺼내 단숨에 마셨다. 와, 냉장고에서 막 꺼낸 시원한 물이라니! 호사스럽다. 호텔이 이렇게나 나를 행복하게 만들어주는 장소인 줄은 순례길에 와서야 알게 됐다.

오전 7시에 기계처럼 자동으로 눈이 뜨였다. 이미 대낮처럼 환한 창문 밖을 보고는 앗 늦었다! 싶어 깜짝 놀랐다가 뒤늦게 오늘은 걷지 않아도 되는 날임을 기억했다. 아아, 걷지 않아도 된다니. 이 사실이 무척 기쁘다. 더 이상 걷지 못할까 봐, 더 걷고 싶어서 엉엉 울던 어제의 나는 이미 이곳에 없다. 매번 극과 극의 상태를 달리는 나의 산티아고.

"하루 종일 이 침대 밖으로 한 발짝도 나가지 않을 거야."

남편은 내게 하는 선전포고인지 자신에게 하는 약속인지 모를 다짐을 하며 또다시 깊은 잠에 빠져들었다. 그런 남편을 물끄러미 바라보다가 나도 나 자신에게 한 가지 약속을 걸었다. 오늘은 완벽하게 휴식이다. 아무것도 하지 않을 테다! 어제 마트에서 미리 사다 둔 요거트와 샌드위치로 간단하게 아침을 먹고 쉬었다. 쉬고 또 쉬었다. 남편은 여전히 꿈나라. 호텔방에서 혼자 노는 게 지루해질 즈음, 주섬주섬 옷을 입고 일기장을 챙겨서 호텔 근처 카페로 나왔다. 따뜻한 카푸치노와 초코 도넛을 주문하고 자리에 앉았다. 가만히 보고 있자니 이 카페는 동네의 사랑방 역할을 톡톡히 하는 곳이었다. 시끌벅적한 분위기 속 스페인 할아버지들 사이에 앉아서 이상하게 묘한 안정감을 느끼며 이 시간을 오롯이 즐겼다.

한 잔만 먹고 일어나기 아쉬워서 테이블 위에 올려져 있던 스페인어 메뉴판을 읽다가 코르타도♦라는 게 궁금해서 주문해 보았다. 에스프레소에 아주 적은 양의 우유를 넣은 커피였는데 플랫 화이트와 비슷한 맛이었다. 순례길 걸으며 자주 마시던 카페 콘 레체보다 훨씬 내 입맛에 잘 맞았다. 앞으로는 카페에서 코르타도를 주문해야지. 혼자서 조금씩 배우고 있는 스페인어를 써보고 싶어서 커피값이 얼마인지 이미 다 알면서도 소리 내어 스페인어로 내뱉어보았다.

"꽌도 발레(얼마예요)?"
"도스 꿰뜨로(2.5)."

질문하기는 쉬웠는데, 대답을 알아듣기는 어려웠다. '도스' 밖에 못 알아듣고, 결국 내가 가지고 있는 동전들을 손바닥에 모두 올려놓고 내밀었다. 내 손바닥을 슬쩍 보던 점원은 웃음을 터뜨리며 자신의 손가락을 다섯 개 펴서 내게 보여주었다. 아, '꿰뜨로'. 50센트를 말하는 거구나. 나도 함께 웃으며 2.5유로를 건넸다.

♦ 코르타도(Cortado): 에스프레소와 따뜻한 우유를 1:1로 넣은 스페인식 커피

"그라시아스(감사합니다)."

카페에서 커피 한 잔을 하며 책을 읽거나 노트에 끄적이며 생각 정리 하는 걸 참 좋아하는데 순례길에서는 늘 피곤하기도 하고 개인 공간이 없어 그런 시간을 갖기가 어려웠다. 그 욕구를 레온에 와서나마 해소할 수 있어 후련했다.

3박 4일간 레온 관광은 거의 하지 않았지만(못했지만) 하루에 한두 번씩 외출 할 때마다 산책 겸 걸어 다닌 레온이라는 도시는 꽤 예뻤다. 식사하러 나간 김에, 쇼핑하러 나간 김에 종종 볕이 잘 드는 벤치를 골라 앉아 이곳에 속하지 않은 낯선 이방인의 시각으로 레온을 구경했다. 등산화를 벗고 등산 스틱은 호텔에 두고 나왔지만, 여전히 순례길을 걸을 때 입던 복장 그대로, 화장기 하나 없는 얼굴로 앉아있었다. 나는 이곳에서 순례자도, 관광객도, 현지인도 아닌 아주 잠깐 머물다 떠날 사람이라는 사실이 도드라지게 느껴졌다. 여행과는 또 다른 낯선 느낌. 괜히 멜랑꼴리해지는 이 기분이 그리 싫지만은 않다.

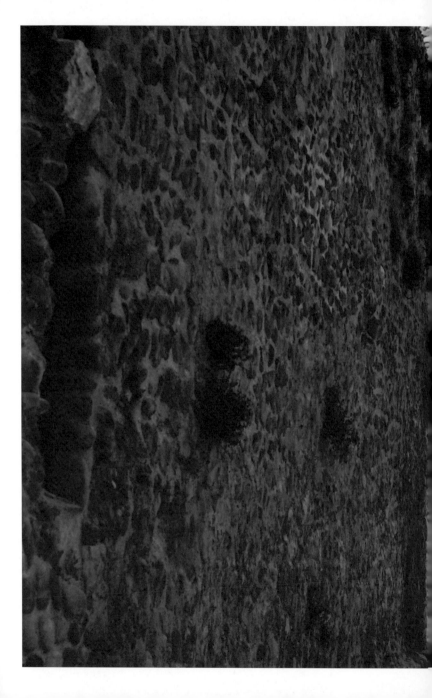

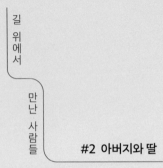

#2 아버지와 딸

그들과의 첫 만남은 나만 알고 있다. 순례길 첫날 아침, 마을에서 막 빠져나와 산의 오르막길을 앞두고 내가 뜨악거리고 있을 때였다. 어떻게든 이 순간을 피해보고 싶어서 두리번거리고 있는데 저 언덕 아래 잔디밭에 커다란 돗자리를 깔고 중년의 남자와 아주 젊은(어린) 여자가 앉아 휴식을 즐기고 있었다.

그들을 두 번째로 만나게 된 건 순례길 둘째 날 머물던 론세바예스 알베르게에서였다. 이층 침대 두 개가 마주 보고 있는, 문이 없는 아주 작은 룸을 한국인 네 명이 차례로 배정받았다. 나와 남편, 그리고 중년의 남자와 갓 스무 살 지난 듯 보이는 앳된 소녀. 보자마자 한국인이라는 것과 첫날 내심 부러운 얼굴로 바라보던, 돗자리에 앉아있던 순례자들이라는 것을 알아챈 나는 반가운 마음에 먼저 인사를 건넸다.

 우리는 한국인끼리 방이 배정된 것을 서로 신기해했다. 중년의 남자는 그와 나이차가 꽤 많이 날 듯한 우리 앞에서도 예의 바른 존댓말을 이어갔고, 굉장히 친화력이 좋았다. 반면에 단발 머리에 새초롬한 표정으로 멀뚱히 서 있는 소녀는 수줍음이 많고 낯을 많이 가리는 듯 했다. 나는 늘 이런 사람에게 마음이 간다. 낯을 가리고, 조용해서 좀처럼 존재감을 드러내지 않는 작은 사람들. 부녀지간이라는 그와 그녀의 이야기가 궁금했다.

순례길 위에서 그들과 하루에도 몇 번씩 마주치며 대화를 나눌 기회가 여러 번 생겼다. 몇 마디 말들이 오가고 나니, 낯가림이 조금 풀어진 딸은 우리 부부에게 무척 상냥했다. 하지만 언제나 본인의 아버지에게는 뾰로통했고, 아무도 안 보는 순간에는 짜증과 신경질도 곧잘 부리곤 했다. 아버지는 언제나 딸의 배낭도 당신이 짊어지며 십 분에 한 번씩 돗자리를 펴서 딸의 다리를 쉬게 해주었고, 구글맵으로 지름길을 찾기도 하는 등 헌신적이었다. 딸이 이 여행을 강제로 오게 된 걸까 싶을 정도로 그들의 온도 차는 컸다. 나는 그 모습을 보며 점점 그의 딸이 야속해질 지경이었다. 딸은 깊은 낮잠에 빠지고 아버지와 우리 부부, 셋이서만 커피 한 잔을 하던 어느 날 오후, 나는 그 속사정을 듣게 되었다.

"딸이 어릴 때, 자라면서 내가 일이 너무 바빠서 크는 모습도 못보고 그냥 늘 딸아이가 자고 있는 모습만 보며 살았어요. 이십 년을 그랬어요. 딸이 다 크고 나니까 어릴 때 함께 시간 못 보낸 게 아쉽더라고요. 이번에 내가 좀 쉬게 돼서 이번 기회에 아빠랑 여행 갈까? 하고 기대 없이 딸아이에게 물어봤어요. 거절할 줄 알았는데 흔쾌히 수락하더라고요. 여행지는 내가 정했어요. 그래서 딸아이가 저렇게 늘 심통 난 얼굴이에요. 유럽여행 간다고 해서 남들처럼 맛있는 음식 먹고 좋은 숙소에서 쉬면서 놀 줄 알았는데, 순례길에 데려와버린 거죠. 하하. 딸이 몸이 좀 약해요. 정 못 걷게 되면 버스 타고 기차 타고서라도 산티아고에 갈 거예요. 멋지잖아요, 딸이랑 함께 순례길 완주하는 거요. 산티아고까지 도착하면 스페인 여행을 하마, 약속했어요. 사실 내가 딸에게 아주 많이 미안하죠. 이렇게 해도 다 못 갚을 거예요."

나는 그제야 아버지가 왜 그렇게 어린 딸에게 쩔쩔맸는지, 딸은 왜 그토록 아버지에게 당당하게 투덜거렸는지 이해할 수 있었다. 딸은 20년간 못 부렸던 어린 아이의 응석을, 아버지는 20년간 해주지 못한 아빠의 역할을 그렇게 어색한 모습으로 이어가고 있었던 것이다. 오직 서로가 서로밖에 없는 이 외딴 순례길 위에서, 딸 역시 표현은 제멋대로 나오고 있지만 아버지를 무척 사랑하고 있다는 것을 알 수 있었다. 스무 살의 딸이 아버지와 단둘이 길고 긴 여행을 떠나는 것은 생각보다 쉽지 않은 일이니까.

그 무렵 나는 그들을 보면서 우리 아빠를 자주 떠올렸다. 우리 부녀지간도 그들과 별로 다르지 않았다. 맞벌이로 늘 바쁜 엄마 아빠 밑에서 자란 나는 집에서 그리 싹싹한 딸이 아니었다. 되려 집에서는 아빠가 분위기 메이커를 자처하곤 하셨다. 언제나 내 장단에 맞춰주던 아빠의 모습이 결코 당연했던 게 아니라는 것을, 나에게 미안하고 나를 아주 많이 사랑해서 그랬다는 것을 나는 바보같이 다른 허둥대는 아버지를 보고 나서야 깨닫게 됐다.

이 길을 걸으며 그 두 사람이 많이 가까워지기를 바랐다. 한 달이라는 시간이 이십 년의 간극을 채우기엔 어쩌면 너무 짧을지도 모르지만 이곳은 다른 곳도 아닌 까미노니까 그런 마법같은 일이 일어날 수도 있지 않을까. 오늘따라 나도 아빠가 너무 보고 싶다.

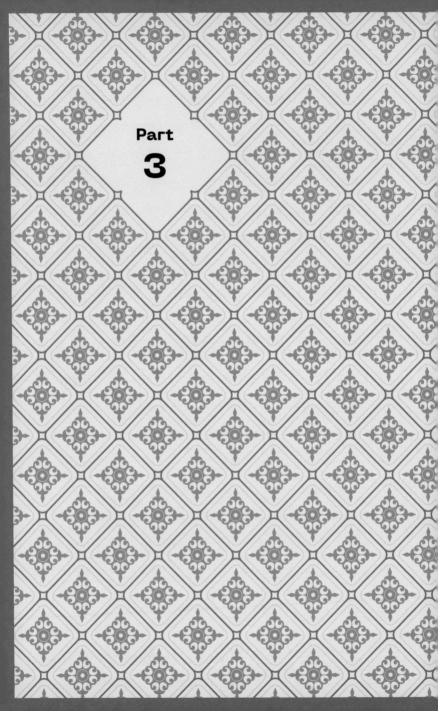

Part

3

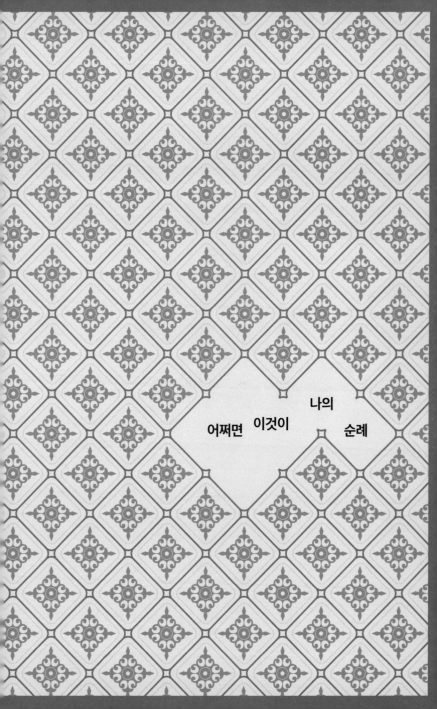

어쩌면 이것이 나의 순례

Day 32

- 레온
  León

- 빌라 데 마자라이프
  Villa de mazarife

다시 돌아올 수 있어 기뻐

"여보 지금 몇 시야?"

"7시. 으악, 너무 늦었다!"

못해도 여섯 시에는 출발하자고 새끼손가락 걸고 약속하며 잠자리에 들었는데 호텔의 효과 좋은 암막 커튼 덕분에 해 뜨는 줄도 모르고 아주 꿀잠 잤다. 덕분에 마지막까지 피로는 제대로 풀었지만.

사흘 만에 다시 등산화를 신고, 배낭을 메고 양손에는 스틱을 들었다. 묵직한 배낭을 등에 메며 헉 소리를 냈고, 등산화를 신고 끈을 조이며 한숨을 쉬었다. 그렇게 호텔 문 밖을 나서기까지는 분명 다시 걷는 게 그리 달갑지 않았는데, 또 막상 걷기 시작하니 슬그머니 기분이 좋아진다. 이게 까미노 매직인 걸까. 다시 처음부터 걷는 기분. 처음 생장에 발을 들였던 날처럼 설레는 감정이 다시 피어난다.

레온은 아주 큰 도시다. 산티아고 성당 방향뿐만 아니라 다른 길의 표식도 많아서 두 눈을 부릅뜨고 정신을 집중해서 산티아고의 노란 화살표를 잘 따라가야 한다. 특히 우리 부부처럼 가이드북 하나 없이 노란 화살표만 따라다니는 사람들은 같은 길만 뱅뱅 돌다가 곧잘 길을 잃게 되는 곳이 바로 이 레온이다. 그 이야기를 익히 들어왔기에 노란 화살표에 특히 집중하며 걸었다. 다행히 헤매지 않고 도심을 빠져나올 수 있었다. 우리 부부가 레온을 빠져나와 다시 자연 속으로 걸어가는 동안, 사람들은 레온을 향해, 도시의 중심으로 출근길 걸음을 재촉하고 있었다. 그동안 순례길을 걸으면서 보던 작은 시골 마을의 여유로운 아침 풍경과는 사뭇 대조되는 낯선 분위기였다. 레온으로 들어가려는 사람과 레온에서 나오려는 우리. 육교에서 사람들 무리와 지나치며 나는 서둘러 레온을 빠져나왔다.

이따금 우리의 순례길 시작 날짜를 말해줄 때마다 다른 순례자들은 놀란 표정을 짓고는 한다. 너무 느리다는 것이다. 아주 천천히, 우리만의 속도로 조급해하지 않고 걷는 중이다. 순례길 위에서 정답이라는 것은 없었다. 순례길은 이래야만 한다는 고정관념이나 틀이 많이 깨졌으면 좋겠다. 나 역시 한국에서 알던 순례길과 내가 막상 걸어본 순례길은 정말 많이 달랐으니까. 저마다 길 위에 서게 된 이유와 걷는 이유, 일정 등이 모두 다르다. 그러니 순례의 모습도 다를 수밖에.

산티아고 성당까지 남은 거리가 얼마나 되는지 궁금해져서 남편에게 넌지시 물었다.

"앞으로 남은 길이 얼마나 돼?"

"300km 정도? 지금 속도로 걸으면 15일 정도 걸리겠다."

"그거 밖에 안 남았어? 왜 이렇게 점점 시간이 빨리 가는 것 같지? 왠지 아쉽다."

"그만큼 강해진 거지. 넌 네가 생각하는 것보다 훨씬 강한 사람이야."

"……."

"난 네가 강한 사람이라는 거 처음부터 알고 있었어."

괜히 머쓱해져서 씨익 웃고 말았는데, 남편의 그 말 한마디에 마음 속에 형용할 수 없는 감정이 차올랐다. 남편에게 이런 말을 듣게 될 줄은 몰랐다. "너는 강한 사람이야." 내가 나 자신에게 주문 걸듯 가장 많이 되새겨온 말이기도 하고, 이 길 위에서 생전 처음 보는 사람들에게 계속 들어온 말이기도 했다. 그러나 나와 가장 가까이에서 함께 걷고 있는 남편의 입으로 듣는 그 말은 또 다른 느낌이었다. 나의 성장을 인정받은 것 같았다.

지난 한 달간의 나의 산티아고 순례길을 돌아보았다. 처음 시작할 때 걷기 싫어서, 힘들 것 같아서, 다리가 아파서 징징대고 인상 쓰며 걷던 내가 생각났다. 그리고 체력적으로 힘에 부치던 나날들, 마음이 고통스럽고 몸이 아프던 순간들이 차례로 떠올랐다. 그럴 때마다 매번 이제는 마지막인 것 같고 더는 못할 것 같았는데, 그 모든 시간을 온몸으로 겪으며 뚫고 나아갔다. 그리고 아무 생각 안 하고 오늘의 걸음을 착실히 걷고 있는, 웃고 있는 내가 지금 여기에 있다. 한 달간의 변화가 나조차도 믿어지지 않는다. 내게 아직 300km가 남아있어서 정말 기쁘다. 분명 힘들지만 힘든 게 전부는 아닌 나의 까미노. 걷다가 주저앉아 울기도 여러 번 울었지만 그럼에도 매일 행복하다고 느끼는 순간이 있다는 건 그만큼 이 길이 특별하다는 거 아닐까.

따로 믿는 신이나 종교는 없지만 영적인 힘은 세상에 존재

한다고 믿는다. 설명할 수는 없지만 이 길을 걸으면서 그 힘을 더 깊이 느끼고 있다. 오늘부터는 좀 더 경건한 마음으로 묵상하고 성찰하며 걷겠다고 남편에게 선언했다. 그러려고 온 길은 아니었지만 문득 그러고 싶어졌다. 이후부터의 길에서는 다양한 사람들과의 만남, 새로운 경험보다 내 존재와의 대화, 성찰, 사색에 더욱 집중해보고 싶어졌다. 순례길의 후반부를 시작하는 것 같은 지금, 많은 자극을 받아들이기보다 조용히 내적인 영감을 채우는 데에 몰입하고 싶다. 그리고 나와 내가 사랑하는 사람들을 위해 기도하며 한걸음 한걸음 겸허한 마음으로 걸어야겠다. 나만의 새로운 까미노가 한 번 더 시작되었다.

| 한 달간의 걸음을 통해 내가 배운 것 |

1. 지금 할 수 있는 것을 하자.
2. 어쩔 수 없는 것들은 그저 흘러가도록 두자.
3. 나는 내가 생각했던 것보다 훨씬 강한 사람이다. 내가 가진 나의 힘을 믿자.

Day 33

매일 어제보다 더

밤새 잠을 좀 설쳤지만 이젠 그런 것쯤이야 별 문제가 안 되는 33일차. 매일 아침, 부족한 수면과 미처 다 풀리지 않은 피곤함으로 두 눈은 팅팅 부어있지만 그 또한 문제가 되지 않는다. 동 틀 무렵 길 위에는 남편과 나, 두 사람밖에 없었다. 하늘이 흐려서 오늘은 멋진 일출을 못 보겠구나 하며 아쉬워했는데, 거짓말처럼 눈앞에 장관이 펼쳐졌다. 하늘과 새소리, 상쾌한 공기와 고요의 하모니였다. 구름 사이로 해가 방긋 떠오르고, 나를 둘러싼 온 세상이 발그레하게 물들기 시작한다. 어떤 수식어를 다 가져다 붙이더라도 그보다 더 아름다운 하늘이었다고 말할 수 있다. 이런 하늘을 두고서 서둘러 걷는 건 반칙이지. 천천히 걷자, 여보. 그렇게 오늘도 하늘을 감상하다가 선두를 다른 이에게 내주었다. 하루의 시작만 남들보다 빠를 뿐, 꽃 구경도 하고 느긋한 티타임도 즐기고 알차게 휴식까지 챙기며 걷다 보니 매번 뒤처진다. 그러고는 알베르게에 늘 마지막으로 문을 닫고 들어간다.

순례길은 놀랍다. 나를 그 어느 때보다 영적으로 충만하고 자유롭게 만들어주고 있다. 이래도 되나 싶을 정도로 영적인 에너지와 내면의 대화에 깊게 몰입하고 있는 요즘, 내가 답을 구할 때마다 이 길은 내게 답을 준다. 그냥 스쳐 지나가는 누군가와의 짧은 대화로, 우연히 읽게 된 글의 한 구절이나 장난스러운 낙서로, 자연이나 동물과의 교감으로, 또는 타인이나 나의 행동으로. 길은 나의 물음이 무엇이든 내게 어떠한 형태로든 답을 주었다. 나는 질문을 하고, 마음을 열어 답을 기다리기만 하면 되었다.

오늘 길을 걷는데 이탈리아에서 온 순례자 나디아가 생각 났다. 순례길 초반에 "곧 따라갈게. 이따 봐!"라고 말하며 헤어진 후 길 위에서 영영 보지 못하게 된 나의 친구. 까미노엔 왜 왔냐는 나의 질문에 나디아는 해맑게 웃으며 "Camino called me"라고 답했다. 그 말이 참 인상 깊으면서도 그 당시엔 좀처럼 공감하지 못했다. 그 뒤로도 몇 명에게 비슷한 의미의 대답을 더 들었던 것 같다. 그리고 이제 까미노가 나를 불렀다는 그 말이 어떤 의미인지 내게도 와닿고 있다. 나도 길의 힘을 점점 더 강하게 느끼고 있기 때문이다. 난처한 일이 발생하거나 필요한 게 생기면 어디선가 나타난다는 '까미노의 천사'라는 말은 괜히 생긴 게 아니다(나도 여러 번 그 천사를 만났다).

산티아고 순례길은 총 세 부분으로 나뉘어 불리고 있다. 생장에서 부르고스까지는 '몸의 길'이고, 부르고스에서 라바날까지는 '마음의 길'이고, 그 이후부터는 '영혼의 길'이다. 이 이야기를 듣고 나는 속으로 탄성을 질렀다. '이렇게 힘들어하면서까지 꼭 이 길을 걸어야 할까'라는 나의 기나긴 물음에 대한 답을 찾은 것 같았다. 초반에는 몸이 너무 힘들고 매일 아파서 어떤 생각도 할 겨를이 없었다. 베드버그에 물린 후부터는 정말이지 육체적으로도 정신적으로도 너무 고통스러웠다. 메세타 지역을 걸을 때는 수면 아래에 잠겨있던 과거의 기억들이 떠올라 마음이 많이 괴로웠다.

끝없이 펼쳐진 광활한 들판에서 지루한 걸음을 하며 나와 참 많이 만났다. 꽁꽁 숨겨두었던 내 모습들을 직면하면서 혼자서 울기도 많이 울었다. 지금까지 '몸의 길'과 '마음의 길'을 다 지나오며 겪은 이 모든 일들이 '영혼의 길'을 걷기 위한 준비 과정이었다는 생각이 든다. 이 길이 가진 영적인 힘을 믿게 하기 위한 시험의 과정. 레온을 떠나면서 어쩐지 나는 이제부터 내 순례길이 전과 많이 달라질 것 같단 느낌이 강하게 들었다. 그리고 정말로 그 이후부터 놀라울 정도로 매 순간이 감사하고 행복하기만 한 길을 걷고 있다.

비로소 깨닫는다. 나, 시험에 통과했구나.

나는 온 마음 다해서, 진심으로 이 길이 좋다. 이 곳에서 매일 나는 어제보다 더 단단해지고 있다. 까미노 첫날, 오리손 산장에서 나는 "걷는 걸 싫어하지만 남편의 꿈이라 함께 왔어요"라고 말했다. "너의 말은 너무 아름다워. 우리 모두 너의 진심에 감동했어. 너는 앞으로 매일매일 어제보다 더 강해질 거야"라고 말하며 나를 꼬옥 안아주셨던 미국에서 온 할머니 순례자가 요즘 들어 자주 생각난다. 할머니는 지금 어디쯤 걷고 계실까, 이미 완주를 하셨을까. 나 지금은 이렇게나 잘 걷게 되었다고, 이 길을 진심으로 좋아하게 됐다고 말하고 싶은데. 이게 다 나의 까미노 천사였던 할머니의 말씀 덕분이라고 전해드리고 싶은데 말이다.

Day 34
오스피탈 데 오르비고
Hospital de Órbigo

아스토르가
Astorga

새로운 순례길 메이트

　순례길을 걷는 내내 한국인들을 조심스럽게 피해왔다. 함께 식사를 할 수도 있었을 자리와 함께 걸을 수도 있던 순간마다 나는 늘 미꾸라지처럼 자연스럽게 그 자리를 빠져 나왔다. 한국을 피해 이곳까지 떠나왔는데, 한국인들과 어울릴 때마다 자꾸만 한국이 생각났다. 그래서 나도 모르게 조금씩 거리를 두게 됐다. 반가운 마음으로 인사를 건네고 가볍게 안부를 주고 받는 것, 딱 거기까지가 좋았다.

　그런데 신기하게도 마음이 바뀌었다. 길 위에서 한국인을 만나면 너무 반갑고, 같이 걷는 길과 함께 보내는 시간이 부쩍 즐거워졌다. 길이 변한 것도 아니요, 내가 변한 것도 아니었다. 그저 그럴 만한 때가 왔기에 그렇게 된 것이다.

지쳐서 들어간 작은 마을의 알베르게에서 희정 언니를 만났다. 숙소에서 방을 배정받아 들어가는 순간, 한국인은 한국인을 알아본다. 수많은 동양인이 한데 모여 있어도 우리는 한국인을 금세 가려낼 수 있다. 한국인이세요? 하는 질문일랑 가볍게 넘기고, 곧바로 한국어로 인사를 건넨다. 희정 언니와의 첫 만남도 그랬다. 특별한 여행을 하고 싶었던 희정 언니는 지인들의 만류에도 불구하고 가방을 꾸려 혼자 순례길에 올랐다. 남편은 일부러 '집에 두고' 왔고, 레온부터 산티아고 성당까지 걸어서 완주할 생각이라고 했다. 친근하면서도 왠지 예사롭지 않은 포스와 아우라를 지닌 멋진 '언니'였다.

"언니, 혹시 혼자 저녁 먹기 심심하시면 저희랑 같이 나가서 드시는 건 어떠세요?"
"그럴까요? 그렇지 않아도 혼자 밥 어떻게 먹을지 걱정했는데. 같이 먹자고 말해줘서 고마워요."

각자 샤워를 하고 오늘의 숙제인 손빨래까지 마치고서 우리 셋은 슬리퍼를 질질 끌며 근처 순례자 식당으로 들어섰다. 가벼운 주머니로도 넉넉하고 푸짐하게 먹을 수 있는 메뉴 델 디아◆

를 주문하고 음식이 나오기도 전에 대화의 물꼬가 터졌다.

"혹시 둘이 어떻게 사귀게 됐는지 물어봐도 돼요?"
"너무 아름다운 사랑이다. 너무 예뻐요. 둘 다."
"세계여행은 어떻게 결심하게 됐어요?"
"순례길을 걷게 된 이유가 있어요?"

술을 조금도 마시지 않는 아내 때문에 늘 혼자 심심한 반주를 해야 했던 남편은 술을 즐긴다는 희정 언니를 만나 모처럼 맥주잔을 함께 기울일 수 있는 사람이 생겨 더 신이 난 듯 보였다. 그렇게 우리 부부에게는 희정 언니라는 새로운 순례길 메이트가 생겼다.

다음 날 아침에도 우연히 비슷한 시간대에 출발하게 됐고, 자연스럽게 셋이 나란히 아스팔트 길을 걸었다. 얼마 지나지 않아 바로 옆으로 큰 차들이 쌩쌩 지나가고 서로 말을 알아들을 수 없을 만큼 큰 소음이 계속되었다. 그러나 소음 따위는 문

◆ 메뉴 델 디아(Menu del Dia): 스페인어로 '오늘의 메뉴'라는 뜻으로, 비교적 저렴하게 에피타이저 - 메인 - 디저트 구성으로 매일 메뉴가 바뀌는 코스 요리를 먹을 수 있다.

제가 되지 않는다는 듯 우리는 서로가 살아온 이야기에 깊게 몰입하며 생각을 나눴다. 나는 순례길에서 얻은 영감을 다듬어 책으로 엮어보고 싶다고 고백했고, 희정 언니는 어릴 적부터 간직해온 동화책 작가라는 꿈이 있다고 화답했다. 만난 지 얼마 지나지 않았는데도 남들에게 쉽게 꺼내기 어려운 이야기를 나누며 깊이 교류할 수 있었던 건 이곳이 다른 곳이 아닌 순례길이기 때문이었다. 모든 것이 수용되는 호수 같은 곳, 그래서 기꺼이 모든 것을 고백할 수 있는 곳. 산티아고 순례길.

앞으로 희정 언니와 산티아고 성당까지 쭉 함께 할 수는 없으리라는 사실을 잘 안다. 이미 길 위에서 수많은 만남과 이별을 겪었기 때문이다. 언젠가는 희정 언니와도 마지막인 듯 아닌 듯 그렇게 작별 인사를 하고 헤어지겠지. 끝이 있는 만남이라고 생각하니 오히려 희정 언니와 함께 하는 매 순간이 더 소중해졌다. 그래서 일부러 시간 내어 한 번 더 차를 마시고, 한 번 더 시답잖은 농담을 건네며 깔깔깔 웃는다. 밖에 나가 순례자 식당에서 사 먹으면 간단할 것을, 구태여 마트에 가서 장을 보고 무얼 해 먹을까 함께 고민하며 요리를 하고, 식탁에 둘러앉아 사진을 찍고 음식을 먹는 수고스러운 과정을 나눈 이유도 그 때문이었다.

희정 언니와 함께하면서 다른 순례자 친구들도 많이 사귀게 되었다. 한동안 남편과 둘이서 오붓하게 걷다가 늘 북적북적한 분위기 속에서 걸으니 이 느낌도 꽤 나쁘지 않다. 아니, 솔직히 아주 많이 신이 난다. 요즘 몸에 활력이 넘친다. 어느 카페에 들어가도 내가 아는 순례자가 반갑게 손을 흔들고, 길을 걷다가 우연히 만난 순례자와 서서 수십 분을 수다 떠느라 걸음을 지체하기도 한다. 매 순간 순례자들과 함께 부대끼며 걷고 있다. 그동안 내가 걷던 길과는 아주 다른 길이지만, 행복하지 않을 이유가 하나도 없다.

Day 35

나는 작고 약한 애벌레

매일 20km씩 걷는 일상에 익숙해졌다. 오래 걸어도 힘들다거나 피곤하다는 생각이 들지 않는다. 오히려 걷고 나면 개운하다는 느낌마저 든다. 보통은 알베르게에 쓰러지듯 들어가 체크인을 했는데 이제는 배낭을 내려놓고도 에너지가 남아서 음식을 만들어 먹기도 하고, 마을을 둘러보며 산책을 하기도 한다. 이런 내가 신기하다. 순례길의 첫 시작인 생장부터 함께 걸었던 동기들에게 이만큼 변한 내 모습을 보여주고 싶다. 당신들이 응원해줬던 것처럼, 나는 매일매일 조금씩 강해졌고, 이제는 이렇게나 잘 걷는다고 말이다.

요즘 들어 초반에 마음을 나눴던 순례자들과 사진 한 장, 연락처 하나 주고 받지 못했던 게 많이 아쉽다. 오늘 작별해도 내일 아침 길 위에서 또 만나곤 했으니까, 우리에게는 언제나 다음이 있을 줄 알았다. 이제 와서 그리운 사람들이 떠올라도 안부 하나 묻지 못한 채 그저 마음 속으로만 그려야 하는 게 아쉽고 또 아쉽다. 다들 잘 있겠지, 잘 걷고 있겠지. 이젠 나도 잘 걸어서 충분히 너희들과 함께 걸을 수 있게 됐는데 말이야.

이 길을 걸으면서 내가 느낀 길의 에너지와 내면의 성장에 대해 남편과 이야기를 나눴다. 남편이 내가 느낀 것을 모두 다 공감하는지는 잘 모르겠지만(아마 아니겠지), 귀담아 들어주는 것만으로도 고마웠다. 스스로도 많이 달라진 게 느껴져서 남편에게 물었다. 요즘 나 어떠냐고. 남편의 눈에도 내가 처음 이 길을 걸을 때와 달라진 게 보인다고 했다. 그땐 작은 애벌레였다면 지금은 번데기 속에서 연고의 시간을 견딘 끝에 밖으로 나온 나비처럼 보인다고 했다. 훨훨 날아다니는 것 같은 모습이 이 시간을 즐기는 것 같고, 행복해 보인다고.

나는 지금까지 내가 아주 작은 알 속에서 살아온 것 같다고 고백했다. 알은 아주 작은 크기였지만, 그 안에서만 머물 땐 모든 것이 아늑하고 안락하고 편안했다. 그런데 알에 미세한 금이 가기 시작하면서부터 무척 불안했다. 이 아늑한 세상이 사라져 버릴까 봐, 내가 죽을까 봐. 그러다 결국 알이 깨졌다. 모든 게 사라질 줄 알았는데 알 밖에는 더 큰 세상이 있었다. 내가 미처 알지 못했던 아주 큰 세상이었다. 이제 막 알에서 나온 작은 벌레가 된 느낌이다. 이제부터가 정말 시작이라는 느낌. 10년 후, 20년 후의 내 모습이 기대가 된다. 이 길을 걸었던 것처럼만 살아간다면 못할 게 없겠다는 충만한 기분마저 들었다.

남편에게 이곳에 오자고 말해주어서, 싫다고 하는 나를 잡아끌고 와주어서 고맙다고 말했다. 앞으로 내 앞에 어떤 길이 남았는지 얼마나 더 걸어야 하는지는 이제 아무 상관 없다고 했다. 무관심하거나 무신경해서가 아니라, 어떤 길이든 사랑할 수 있겠다는 마음 때문이었다. 걸을수록 어쩐지 나날이 생기가 돌고 힘이 넘쳐 흐른다. 이 기분 좋은 에너지를 누군가와 공유하고 나누고 싶어졌다. 내게는 이미 충분할 만큼 넘치고 있으니까.

아스팔트도 녹일 만큼 뜨거운 볕이 강한 오후가 될수록 힘들고 지치는데, 이젠 정말 아무래도 괜찮다. 풍경이 멋지고 걷기 좋은 길도, 그늘 한 점 없이 견디며 걷는 길도 모두 순례길의 일부일 뿐이다. 나는 이제 이 길의 모든 면모를 받아들일 수 있는 준비가 되었다.

Day 36

철의 십자가

오늘은 거리가 26km나 되는 어마무시한 산길을 넘는 날이라서 마음을 단단히 먹고 깜깜한 새벽녘에 하루를 시작했다. 아직 해는 뜨지 않았고 가로등은 모두 꺼져 있어 사방을 분간할 수 없을 만큼 어두웠다. 이렇게까지 이른 시간부터 걷는 건 또 처음이다. 숙소에서 나와서 앞에 보이는 노란 화살표를 향해 걸었다. 어라, 이 길이 아닌 것 같은데? 하는 생각이 들었을 때는 이미 길을 한참이나 잘못 들어선 뒤였다. 잘못 왔다는 것을 눈치채고 뒤를 돌았더니 우리 뒤로 수많은 순례자들이 따라 걸어오고 있었다. 졸지에 피리 부는 소년이 된 기분이었다. 머쓱한 표정으로 뒤따르던 순례자들에게 큰 소리로 외쳤다.

"죄송해요! 이 길이 아닌 것 같아요. 우리 되돌아가야 해요."

모두들 이른 새벽에 정신도 못 차리고 나와서 화살표를 볼 생각은 못하고 무작정 앞에 걷고 있는 순례자를 따라 걷다 보니 생긴 해프닝이었다. 한참을 되돌아 걸어 제대로 된 길목에 들어섰다.

산 중턱에 있는 폰세바돈이라는 마을에 도착해 커피 한 잔 하려고 카페에 들어갔다. 우리보다 먼저 길을 떠났던 희정 언니가 앉아 있어 반갑게 인사하고 함께 따뜻한 차를 마셨다. 그러고는 다 함께 철의 십자가를 향해 발걸음을 옮겼다.

많은 순례자가 철의 십자가를 보기 위해 이 길을 걸을 만큼, 철의 십자가는 순례길에서 굉장히 의미 있는 장소 중 하나다. 순례자들이 자신의 소망이든 근심이든 지고 온 무언가를 두고 가는 곳이라는 철의 십자가. 어제부터 나는 이곳에 무엇을 버리고 가고 싶을까 생각해보았다. 명확하게 떠오르지 않았다. 그래서 며칠 전부터 블로그를 통해 이웃님들의 기도와 소원문을 받았는데, 그것을 빌고 와야겠다고 생각했다. 도착이 얼마 남지 않았을 때 미리 적어둔 이웃님들의 기도문을 작은 목소리로 읽었다. 그리고 곧 철의 십자가 앞에 다다랐다.

수많은 순례자들의 흔적인 돌무덤 가장 꼭대기에 생각했던 것보다 가냘프지만 무척 단단하고 외로워 보이는 철의 십자가가 우뚝 서 있었다. 고개를 들어 가만히 올려다보았다. 이미 수많은 순례자들이 이곳에서 각자의 기도를 하고 영상이나 사진으로 그 순간을 담고 있었다. 십자가로 올라가는 길에는 순례자들이 두고 간 마음들이 쌓여 있었는데, 그들이 가져온 커다란 돌들만큼이나 무거워 보이는 감정이 곳곳에 서려 있었다.

아, 나도 드디어 이곳에 왔구나, 그런 생각이 들었다. 눈을 아주 조금만 더 깜박이거나 몸을 조금만 더 움직이면 눈물이 왈칵 쏟아질 것 같았다. 모두들 뿌듯해하며 상기된 얼굴로 기념사진을 찍을 때 나는 아무것도 할 수 없었다. 원래 나의 계획은 저 돌 언덕에 올라가서 인증사진도 찍고, 십자가를 두 손으로 꼭 쥐고 기도를 올리는 거였는데. 희정 언니가 사진을 모두 찍을 때까지 나는 그 자리에서 망부석처럼 서 있을 뿐이었다. 좀처럼 발이 떨어지지 않았다. 이 순간에 나 혼자만 울어버린다면 그것도 조금 창피할 것 같았다.

조금 진정이 되고 나서 용기를 내어 몇 걸음 더 걸어가 덩그러니 십자가가 담기도록 사진을 한 장 찍었다. 그러고는 철의 십자가를 등지고 뒤돌아 서서 다시 걸어가야 하는 길을 걸었다.

마음이 아주 많이 이상했다. 남편도 내 기분을 눈치챘는지 뒤에서 그저 천천히 걸어주었다. 나는 앞장서서 씩씩한 발걸음으로 산을 내려왔다. 이 기분으로는 남편과 아무렇지 않게 대화를 할 수 없을 것 같았다. 형용할 수 없는 감정이 솟구쳤다. 결국 훌쩍이며 옷소매로 눈을 비볐다. 500km 이상을 고군분투하면서 걸어온 시간이 주마등처럼 지나갔다. 포기하고 싶을 때마다 일으켰던 순간들과 함께한 사람들이 차례로 떠올랐다. 그 순간 누군가 내게 왜 우냐고 물어본다면 마땅한 대답은 없었지만, 분명 슬픔 때문만은 아니었다.

나는 당연히 못할 거라며 지레 겁을 먹을 때도 있었고, 걷는 것쯤이야, 하고 쉽게 여겼던 때도 있었다. 순례길은 지레 겁 먹은 이에게는 용기를, 자만하는 이에게는 겸손해지게 하는 계기를 주었다. 그렇게 나는 자연스레 균형을 배워나갔다. 감정을 어느 정도 추스르고 남편과 다시 나란히 걸었다. 끝없이 계속되는 높은 돌길과 땡볕, 더위로 무척이나 힘든 길이었다. 해가 정수리 위로 떠오르는 정오에는 땀을 너무 많이 흘려 현기증이 날 지경이었다. 그러나 길은 잘못이 없다. 오늘 산 하나를 한 번에 넘자며 또 욕심을 낸 나의 잘못일 뿐.

숙소에 겨우 도착해서 잠시 쉬다 보니 시원한 맥주 한 잔이 간절해져서 저녁도 먹을 겸 희정 언니와 의기투합하여 밖으로 나섰다. 오늘 머무는 몰리나세카는 현지인의 작은 휴양지로 유명한 마을답게 아기자기하고 아름다웠다. 다리가 가로지르고 있는 맑은 냇가에는 저마다의 휴가를 즐기고 있는 사람들이 가득했고, 초여름의 경쾌하고 밝은 분위기가 내내 감돌았다.

"오빠! 어디가요? 밥은 먹었어요? 우리랑 같이 먹을래요?"

지난 숙소에서 만나 몇 번 대화를 나눈 적 있는 석진 오빠를 발견하고 반가운 마음에 큰 소리로 불렀다. 소극적인 내가 먼저 같이 식사를 하자고 말을 건넬 만큼, 사람 마음을 들뜨게 하는 날씨였다.

"아, 그래도 될까요?"하며 어색한 웃음과 함께 석진 오빠가 합석했다. 언제나 둘 뿐이던 식사 자리에 희정 언니와 석진 오빠가 더해지니 다채로워졌다. 어색했던 분위기가 맥주와 함께 살살 풀렸다. 마음을 활짝 열고 새로운 사람들과 자유롭게 시간을 보내는 건 늘 신선한 즐거움을 준다. 까미노를 느긋하게 걷는 자들의 특권이다.

Day 37

- 몰리나세카
  Molinaseca

- 카카벨로스
  Cacabelos

오늘은 조금 더 걷기로 했다

어제 무리해서 걸은 탓에 발톱이 새카맣게 변한 희정 언니는 오늘 아무래도 사리아로 바로 건너가서 병원에 가봐야겠다고 했다. 이른 새벽에 나갈 채비를 마친 희정 언니를 배웅하기 위해 함께 따라나섰다. 나는 어릴 때부터 언니가 있는 친구들이 부러웠다. 엄마에게 언니 한 명만 낳아달라고 조르면서 컸던 나는 순례길 위에서 드디어 든든한 언니가 생긴 것 같아 기뻤다. 며칠간 함께하면서 참 많이 가까워진 나의 희정 언니. 이제는 먼저 저 앞으로 떠나버리는 희정 언니를 마지막으로 배웅하려니 마음이 뭉클했다. 언니는 내게 슬며시 색연필이 담긴 통을 건넸다. 선물이라고 했다. 며칠 전 내가 순례길의 아름다운 순간들을 그림으로 그려보고 싶다고 했던 말을 기억하고 있던 것이다. 내가 부지런히 걸으면 길 위에서 다시 만날 수도 있겠지만, 마지막 만남일지도 모르니 우리는 작별 포옹을 진하게 하고 헤어졌다.

셋이 걷다가 다시 둘이 되니 이상하게 헛헛한 마음을 감출 수 없다. 짧은 새 정이 많이 들었나 보다. 7km만 걸어서 도착하기로 한 오늘의 행선지 폰페라다까지 별말 없이 묵묵히 왔다. 중세시대로 들어온 듯한 고풍스러운 성벽을 끼고 걷는 폰페라다는 참 예뻤다. 걷다가 발견한 예쁜 카페에 들어갔다. 도시 안에 대학교가 있고 관광업이 발달해서인지 폰페라다의 카페는 순례길에서 만나는 여느 카페와 달랐다. 케이크도 팔고, 무엇보다 아이스 카페라테를 주문할 수 있는 멋진 곳이었다! (스페인의 카페에서는 보통 얼음이 들어간 류의 커피를 팔지 않는다.)

이곳에서 석진 오빠를 또 우연히 만났다. 세계여행자 유정 씨도 함께였다. 길 위에서 만나면 모두 반갑다. 오늘은 어디까지 가니, 내일은 어디에 머무니, 어디 가게에 뭐가 맛있다더라, 저기 알베르게는 조심하라더라 등 서로 길 위에서 주워들은 알짜배기 정보들을 아낌없이 나누며 동지애를 돈독하게 쌓아 올린다. 초반의 순례길을 걸을 때처럼 새로운 나의 동지들이 생긴 것만 같아 신이 난다. 맛있는 커피도 마시고 좋은 사람들과 마음도 나누다 보니 어쩐지 힘이 나서 오늘 더 걸을 수 있을 것만 같다. 그래서 우리 부부는 조금 더 걷기로 했다.

5월 말이 되니 공기가 사뭇 달라졌다. 이른 오전임에도 햇살이 벌써 뜨겁고 더위로 숨이 턱턱 막혀온다. 새벽녘에 겹겹이 껴입은 옷들을 하나 둘 벗으며 걷다 보니 어느덧 도시에서 빠져 나와 숲길에 들어섰다. 숲 내음 가득한 흙길을 따라 걷다가 작은 마을의 오솔길로 들어섰다. 걷는 내내 체리나무와 앵두나무, 그리고 활짝 만개한 장미꽃을 구경했다. 작은 바람이 불어올 때마다 꽃향기가 코끝을 간지럽혔다. 잘 익은 체리와 앵두를 골라 하나씩 따 먹어 보았다. 달고 맛있었다.

오늘 걷기를 마무리하기로 한 마을에 도착했지만, 누군가 3km만 더 걸으면 맛있는 햄버거 집이 있다고 일러주었다. 그래서 힘을 내어 조금 더 걸어보기로 했다. 맛있는 햄버거를 먹고 나니, 6km만 더 걸으면 엄청 멋진 숙소가 있다고 해서 또 걷기로 했다. 오늘은 7km만 걷자고 나선 길이 어느덧 26km가 되었고, 시간은 늦은 오후를 향하고 있었다. 조급해질 법도 한 순간에 나는 어쩐지 더 자유로워진 느낌이 들었다. 내가 더 걷고 싶으면 더 걷고, 멈추고 싶을 때 멈추면 되는 이 자유가 좋았다. 아침만 하더라도 둘이 되니 허전하다 느꼈는데, 오랜만에 단 둘이 걸으니 편안하고 좋아서 이 걸음을 계속해도 되겠다는 생각으로 더 걸었다. 누구 눈치 볼 필요 없이, 배려할 필요 없이 하고 싶은 대로 하고 쉬고 걸으면 되니 굉장히 편안한 상태로 시간이 흘렀다. 그렇게 오래도록 걸었다.

Day 38

● 카카벨로스
Cacabelos

● 트라바델로
Trabadelo

남편의 너구리 사랑

오늘의 마을 트라바델로에 도착했다. 초입에서 얼마 지나지 않아 예약한 숙소가 나왔다. 체크인을 하고 들어서는데, 너무 예쁘고 깨끗하고 아늑해서 환호성이 절로 나왔다. 지금껏 머문 숙소 중 가장 마음에 드는 곳이었다. 평소 머물던 알베르게보다 딱 2배 더 비싼 숙소를 잡았는데, 역시 값어치를 했다.

짐만 대충 풀어놓고 1층으로 내려가 점심 식사로 라면을 먹었다. 이곳은 숙소도 좋지만, 한국 라면과 김치를 파는 곳으로도 유명했다. 어설프게 끓여주는 게 아니라, 파를 송송 썰어 넣고, 계란까지 탁! 한국 정석 스타일의 라면을 먹을 수 있는 식당이다. 면을 호로록 건져 먹고 밥 한 그릇 뚝딱 말아서 양배추

252   어쩌면 이것이 나의 순례

김치와 먹다 보니 이곳이 천국인가 싶었다. 남편과 대화 나눌 새도 없이 단숨에 모든 그릇을 깨끗하게 비웠다. 행복했다. 한 그릇에 만 원에 육박하는 가격이지만, 한식이 너무 그리웠기에 그 돈이 하나도 아깝지가 않았다.

배부르고 만족스럽기까지 한 점심 식사를 마친 뒤 남편은 낮잠에 빠지고, 나는 빠르게 샤워를 하고 노트 한 권을 들고 다시 바에 내려와 커피 한 잔을 하며 일기를 쓴다. 에너지가 소진될 때면 나는 커피를 마시며 글을 쓰고, 남편은 잠을 자고. 우리의 순례길 위의 일상은 한 달 전이나 지금이나 여전히 똑같이 흐르고 있다. 만족스러운 숙소, 만족스러웠던 식사, 만족스러운 티타임과 휴식. 간밤에 고생했던 피로가 모두 풀렸다.

늦은 오후, 잠에서 깬 남편은 출출하다며 뭘 먹을지 고민하다가 또다시 너구리 라면을 먹겠다며 식당으로 내려갔다. 숙소 사장님이자 식당 사장님은 몇 시간 전에 이미 먹었던 라면을 또 주문하는 남편을 보고 웃음을 터트렸다. 만 원짜리 라면을 두 번이나 사 먹고, 평소보다 두 배 비싼 숙소에서 머무는 오늘 하루. 돈 제대로 쓰는 날이지만, 무척이나 만족스러우니 값은 한 셈이다. 어제 숙소에 아낀 돈, 낮에 점심값에 아낀 돈을 이렇게 다 썼다. 다 그런 거지 뭐.

Day 39

이 맛에 걷는 길

"너무 곤히 자고 있어서 도저히 깨울 수가 없었어. 여보 그렇게 깊게 잠든 거 오랜만이잖아."

늦잠을 잤다. 왜 나를 깨우지 않았냐며 채근하려던 찰나, 남편이 먼저 선수를 쳤다. 그렇게 말하면 내가 할 말이 없잖아. 이틀 전 공립 알베르게에서 설잠을 잤던 나는 확실히 비싼 만큼 쾌적한 이 숙소에서 모든 긴장이 풀려 정신 없이 잤다. 자다가 갑자기 핸드폰 불빛으로 침낭 안을 비춰보게 했던 환촉에도 시달리지 않았다. 침대에서 몸을 일으키려고 하니, 엄청난 무게감에 곡소리가 절로 나온다. 물 먹은 솜마냥 육중하게 느껴지는 몸. 600km 이상을 40여 일간 걸어온 몸이다. 단 하룻밤의 숙면으로 가뿐해진다면 그게 더 이상한 거겠지.

알베르게에서 단체 숙박을 할 땐 항상 긴장하고 있어서인지 피로감이 잘 느껴지지 않지만, 이렇게 모든 긴장을 풀고 편안하게 자고 일어난 아침이면 몸이 느끼고 있는 '진짜 피로감'이 확 체감된다.

무거운 몸을 겨우 이끌고 길을 나섰다. 평소보다 늦은 출발이지만 오늘은 17km만 걸을 예정이라 큰 문제는 없다. 당분간은 계속 산을 오른다. 평지보다 체력 소모도 심하고 힘들지만, 고도가 높아질수록 아침 공기의 상쾌함이 확실히 다르다.

요즘 나의 최고의 행복이자 힐링은 출발하고 제일 먼저 만난 카페에서 빵과 커피를 사 먹는 것. 카페의 야외 테이블에 앉아 커피를 마시다보면 얼굴이 눈에 익은 사람들이 지나간다. 손을 들고 올라! 하고 반갑게 인사하고, 가벼운 수다를 나눈다. 이제는 생장에서부터 걷기 시작한 사람들을 보기가 거의 힘들다. 있다 하더라도 걷기 시작한 날짜가 우리보다 한참 뒤인 5월의 순례자들. 4월 21일에 우리와 함께 출발한 이들은 이미 완주했거나 거의 막바지에 다다랐겠지? 그 생각을 하면 함께 초반부터 고생한 친구들과 끝까지 그 희로애락을 함께 나누지 못해 아쉽다는 생각도 들지만, 또 그만큼 다른 새로운 인연들을 만들어나가며 새로운 배움을 계속 얻는 지금도 만족스럽다.

다른 사람들과 비교하지 않고, 내 속도대로 걷는 길. 내 속도대로 사는 삶. 그 말의 참 의미를 몸에 새기며 걷고 있다. 그리고 나와 함께 이 길을 걷는 사람인 내 남편과의 관계도 더 견고하게 다져가는 중이다. 연애 6년, 결혼 3년차지만 이 길 위에서 함께 보낸 시간은 몇 년간 마주한 시간들보다 남편에 대해 훨씬 더 많은 것을 알려 주었다.

말 없이 둘이 걷다가 물소리가 아주 청량하게 들리는 냇가를 지나고 있었다. 바로 지나치지 못하고 냇가를 한참 바라보고 서 있던 남편이 이내 가던 길을 계속 걷는다. 나는 그런 그를 물끄러미 보다가 불러 세웠다.

"여보, 여기에 잠깐 발 담가보고 가는 거 어때?"
"웅! 나 사실 그래보고 싶었어!"

신이 나서 냇가로 달려오는 그의 표정이 어쩐지 귀엽다. 이제는 바라만 보아도 남편이 원하는 게 무엇인지, 지금 어떤 생각을 하는지가 어렴풋이 느껴진다. 남편은 냇가에서 잠깐이라도 발을 담그며 더위도 식히고 놀고 싶었을 테지만, 아마 이 곳에서 시간을 지체하면 체력이 약한 내가 나중에 지칠까 봐 포기하고 그냥 돌아섰으리라.

두껍고 단단한 등산화를 서둘러 벗고 바지를 걷어붙이고 물 안에 발을 담그고 섰다. 시냇물은 복숭아뼈 아래에서 찰랑거릴 정도로 얕고 맑았다. 산에서 내려온 물이라 그런지 시원하다 못해 얼음장 같이 차가웠다. "으아아아, 차가워!" 행복한 비명이 절로 나왔다. 땀으로 흥건하게 젖어있던 등줄기까지 순식간에 서늘해졌다. 정신이 번쩍 들면서 기분이 좋아졌다. 아침부터 무거웠던 몸도 한결 가벼워진다. 남편과 마주 보고 서서 한참을 웃었다.

"정민, 혜림! 여기 있었구나. 뭐해? 거기 시원해?"

"너무 더워서 잠깐 물놀이 중이야. 들어올래? 여기 시원해!"

"우리도 그러고 싶은데, 오늘 갈 길이 멀어. 너희는 이 길을 정말로 즐기면서 걷는 게 눈에 보여. 아무런 압박도, 스트레스도 없이 행복하게 말이야. 너무 예쁘다. 길 위에서 또 봐!"

며칠 전 숙소에서 만난 뒤로 이따금 마주치고 있는 네덜란드에서 온 크리스와 톰. 양말 벗고 놀고 있는 우리를 보며 엄지를 치켜 세우고는 다시 길을 떠났다. 그들의 뒷모습을 바라보다 나는 나지막하게 대답했다.

"응. 내 생각도 그래."

요즘의 나의 순례길을 돌아보았다. 산과 물을 넘고 다리도 건너고, 수많은 마을과 도로를 지나왔다. 이 길이 참 힘들다는 생각은 변함없지만, 언젠가부터 힘들수록 더 큰 기쁨과 감사를 느낄 수 있는 시간도 함께 왔다. '힘들고 괴로워'가 아니라, '힘들지만 행복해'라고 생각하는 순간이 많아졌다. 요즘은 숙소 테라스에 콕 틀어박혀 글을 쓰는 시간보다 우연히 만난 사람들과 커피를 마시고 저녁을 먹으며 마음을 나누는 시간이 잦아졌다. 함께 웃고, 함께 울고. 그렇게 함께 걷고 있다.

고도 1000m 이상의 산을 무거운 배낭을 메고 다시 오르다가 산 중턱에서 잠시 멈췄다. 턱 끝을 넘어 머리 끝까지 숨이 찼다. 이미 온몸이 땀으로 흠뻑 젖었다. 그때 마침 산 위에서 아주 가느다란 바람이 불어왔다. 실바람이라고 말할 수 있을 정도로 아주 연약한 바람이었지만, 이마에 맺힌 땀을 식혀주기엔 충분했다. 힘을 내어 다시 산을 오르기 시작했다.

"아, 진짜 힘들어 죽겠다."

절로 힘들다는 말이 튀어 나왔다. 여기서 한 걸음도 더 걸을
수 없을 것만 같다. 그러나 알고 있다. 오늘도 나는 끝까지 걸어
내리라는 것을. 바람이 불 때마다 멈추어 서서 쉬고, 바람이 멈
추면 나는 다시 천천히 산을 올랐다. 끝없이 펼쳐진 오르막길
대신에 내 발끝만 보며 걸었다. 딱 세 걸음만 더 걷자. 딱 다섯
걸음만 더 걷자. 딱 열 걸음만 걷고 쉬자. 그렇게 내가 걸을 수
있는 걸음만 세면서, 쿵쿵 뛰는 나의 심장 소리를 느끼며 내가
오를 수 있는 속도로 산을 탔다. 그리고 마침내 오늘의 알베르
게에 도착했다. 힘겹게 오른 산 위에서는 아주 강하고 시원한
바람이 불었다. 배낭을 벗어 던지고 두 팔 벌려 눈을 감고 내게
불어오는 바람을 온몸으로 맞았다.

Day 40

- 라 라구나 데 카스티야
  La Laguna de Castilla

- 트리아카스테야
  Triacastela

여행하며 많이 싸우세요

순례길 40일차. 남은 거리는 140km. 산티아고 순례길의 마지막 산맥을 넘었다. 드디어 이 길의 끝이 보이기 시작한다. 오늘 최고의 순간을 꼽자면 별이 쏟아져 내릴 것 같았던 새벽녘의 하늘을 감상한 것.

새벽에 잠시 화장실 다녀오다가 "이곳에선 별도 잘 보인대요"라던 순례자의 말이 기억났다. 조심히 밖으로 나가 하늘을 올려다봤다. 가로등 하나 없어 깜깜한 산 중턱에서 올려다 본 밤하늘에는 별이 가득했다. 고도가 높은 산 위라 그런지 하늘은 낮아 보였고, 별들은 금방이라도 곧 쏟아져 내릴 것 같았다. 평생 잊을 수 없는 최고의 순간이었다.

새벽에 본 별들의 감흥이 쉬이 사라지지 않아서인지 나는 방에서 제일 먼저 일어났다. 해 뜰 무렵, 막 발을 내디디며 출발하려던 찰나 남편을 불러 세우고 서둘러 숙소로 돌아갔다. 어제 좋은 대화를 많이 나눈, 우리에게 저녁을 사주신 어머님들과 사진을 한 장 찍기 위해서였다. 전엔 어차피 또 길 위에서 만날 텐데 나중에 찍지 뭐, 라고 생각하며 그냥 지나쳤는데, 이 길 위에서는 언제 다시 만날지 기약이 없다는 것을 너무 늦게 알았다. 하고 싶은 말이 있다면 지금 하고, 기념사진은 지금 찍고 연락처도 지금 주고받는다. 그리고 인사는 언제나 마지막인 것처럼 최선을 다해 한다. 그래야 나중에 후회하지 않는다. 순례길을 한 달 이상 걸어 오며 배운 것이다.

어머님 두 분은 우리에게 앞으로 여행하면서 되도록 많이, 자주 싸우라는 조언을 해주셨다. 무슨 말씀인가 싶었는데, 싸우는 과정은 서로를 깊게 알아가는 과정이니 부부 사이에 꼭 필요하다고 하셨다. 사는 게 바빠서 많이 싸우지 못하고 중년이 될 때까지 같이 살다 보면 아예 포기하고 살게 되는데, 젊을 때 한 번 길게 여행하며 싸우다 보면 서로의 다른 면을 포기하는 게 아니라 인정하고 이해하게 된다고. 우리 부부 역시 느끼고 있던 부분이라 격하게 공감이 되면서 이렇게 귀한 말씀을 해주신 게 참 감사했다.

싸우지 않으려면 서로 이해하려는 마음이 중요하다. 그러나 서로의 다른 면을 이해해야 한다는 건 머리로는 잘 알아도 사실 참 쉽지 않다.

"어떻게 그럴 수가 있어?"
"나는 진짜 이해가 안 돼."

이렇게 말이 나오기 시작하면서부터는 싸움이다. 서운하니까, 내가 원하는 대로 해주었으면 하니까. 서로 사랑하는 사이일 뿐이지, 부부 사이도 타인끼리의 사이라는 걸 자꾸만 잊어서 생기는 갈등이다. 우린 부부니까, 나는 널 잘 알고 너도 날 잘 아니까, 라는 생각에서부터 마음 상하는 일이 종종 생기는 것 같다. 내게는 6년 연애한 남자와 3년간 결혼 생활을 한 남자, 그리고 순례길을 함께 걷는 남자가 모두 다 다른 남자처럼 느껴진다. 남편 역시 내가 그렇겠지?

어머님 두 분과 꼬옥 끌어안고 다정한 사진도 남기고, 작별 인사를 하고 다시 길을 떠났다. 그리고 직후에 나중에 돌이켜보면 무엇 때문이었는지 분명 기억도 못할, 아주 작고 사소한 계기로 남편과 아옹다옹했다(이 글을 쓰면서도 그 이유가 도통 생각나지 않는다). 서로 입이 삐쭉 나와서 조금 떨어져 따로 걸어가면서 어제 오후에 어머님이 해주신 말씀을 다시 마음에 새겼다.

"여행하며 많이 싸우세요."

이 여행이 끝나면 우린 분명 서로를 더 잘 이해하게 될 거다. 싸우는 만큼 가까워지고 있으니까.

Day 41

● 트리아카스테야
Triacastela

● 사리아
Sarria

또 너냐, 베드버그

말도 안 되는 일이 벌어졌다. 구글 지도에서 찾은 평점 만 점짜리 숙소였다. '호텔 급 알베르게, 베드버그가 절대 나올 수 없는 숙소'라는 후기에 이끌려 들어갔다. 건조기에서 갓 나와 빳빳하게 다려진 뜨거운 시트와 베개 커버를 품에 안고 배정 받은 룸으로 들어갔다. 침대도 안전한 철제 프레임이었고, 매트도 벌레가 서식하지 못하도록 모두 방수비닐로 덧씌워져 있었다. 절대 베드버그가 살 수 없다는 후기가 나올만한 알베르게였다. 돈을 더 주고 편리함을 샀다며 뿌듯한 마음으로 고개를 끄덕끄덕했다. 샤워를 마치고 편안한 마음으로 침대에 누워 쉬고 있던 찰나였다.

"여보! 이거 봐. 내 베개 위에 베드버그가 기어가고 있어."

남편의 말은 사실이었다. 새하얀 베개 위로 새카맣고 뚱뚱한 베드버그가 뿔뿔뿔 기어가고 있었다. 소스라치게 놀랐지만, 대수롭지 않게 여겼다. 함께 숙소를 쓰고 있는 다른 순례자에게서 나왔나 보다, 가볍게 생각했다. 이곳은 절대 베드버그가 살 수 없는 깨끗한 숙소니까. 그러다 우연히 내 침대 위 환풍기 쪽을 봤는데 까만 볼펜 똥 자국들이 가득했다. 혹시나 싶어서 핸드폰 불빛으로 환풍기 안을 자세히 비춰보다가 나는 비명을 지를 수밖에 없었다. 그 좁은 틈새에 베드버그가 얌전히 숨어있었고(윽!) 수십 개의 알들도 다닥다닥 끼어있었다.

일단 리셉션에 내려가 말하니 직원은 어깨를 으쓱해 보이며 테라스를 통해 어쩔 수 없이 들어오는 거라며 위험하지 않은 벌레라고 했다(뭐?). 다른 방으로 옮기고 싶었지만 이미 만실이라며 직원은 에프킬라 같은 약을 들고서 나와 함께 확인 차 룸에 와주었다. 뿌리는 시늉만 하는 직원에게서 약을 건네 받아 틈 사이로 제대로 뿌렸다. 우수수 하고 베드버그들이 모두 바닥으로 떨어졌다.

"이래도 정말 노 프라블럼인 거야?"

"원한다면 환불해줄게."

누군가 코리안 진상 짓이라고 여긴다면 어쩔 수 없지만, 이미 여러 번 베드버그에게 호되게 당한 나로서는 이렇게라도 내 몸의 안전을 지켜야만 했다. 여전히 밤마다 지난 번 물린 베드버그 흉터를 긁고 있는 나다. 망설임 없이 오케이를 외치고 빠르게 짐을 쌌다. 옆에서 이 모든 과정을 지켜본 한국인 순례자도 이곳에 못 있겠다며 다급하게 짐을 싸서 우리와 함께 나왔다. 갑자기 이게 무슨 날벼락인지 자꾸 헛웃음만 나왔다. 숙박비 환불을 받고 밖으로 나왔을 때는 이미 늦은 저녁이었고, 세 명이 함께 체크인할 수 있는 알베르게를 찾기란 쉽지 않았다.

우여곡절 끝에 세 자리가 남아 있다는 알베르게를 찾았다. 두리번거리며 들어선 건물은 스산한 기운이 감돌았다. 침대는 낡고 오래되어 자그마한 움직임에도 삐그덕거렸고 방안에는 먼지가 폴폴 날렸다(그러니 밤 9시에도 세 명의 순례자를 몽땅 받아줄 수 있었겠지). 베개 위를 기어 다니는 베드버그를 피해 온 이곳에서는 잠들면 온몸에 베드버그가 기어 다닐 것만 같았다. 현실을 외면하고 싶은 마음에 두 눈을 질끈 감고 오지 않는 잠을 청했다. 오늘따라 아늑하고 편안한 나의 집, 나의 침대가 그리웠다. 한국에는 베드버그 같은 건 없는데…. 눈물이 찔끔 나왔다. 부디 오늘 밤은 아무 일도 일어나지 않기를 간절히 바랄 뿐이다.

끝까지 내게 결코 호락호락하지 않은 까미노. 끝날 때까지 끝난 게 아니다. 겸손해지자!

Day 42

● 사리아
Sarria

● 포르토마린
Portomarín

각자의 순례길

요즘 스페인에는 이상기온이 찾아와 매일 기온이 31도, 32도 이상을 찍고 있다. 이른 오전에도 무더위로 걷는 게 힘겨워져서 매일 아침 출발 시간이 점점 더 앞당겨지고 있다. 처음으로 새벽 6시에 길을 나섰다. 해가 뜨기는커녕 밤거리처럼 깜깜한 길을 걸었다. 사리아 도시를 빠져나와 다시 자연으로 돌아가는 길목에 들어서고 나서야 해가 떠올랐다. 어둑어둑했던 풍경이 푸른 빛으로 맴돌다가 누군가 빨간색 물감을 한 방울 똑 하고 떨어트리고 간 것처럼 은은하게 물들고, 그제서야 자기 차례라는 듯 말갛고 동그랗게 떠오르는 해를 감상했다. 매일 보고 또 봐도 좋다. 일출과 함께 내 마음도 뜨거워지는 느낌. 일출이 이렇게 아름다운 광경인 줄 지금껏 모르고 살

왔다. 높은 건물이 빼곡하게 들어찬 서울에서는 이런 하늘을 보기 어려우니까. 더위를 피해 부지런히 나왔지만 오늘도 강한 햇살에 땀을 뻘뻘 흘리며 참으로 힘들게 오래도록 걸었다.

오늘의 목적지는 포르토마린. 사리아에서 24km 떨어져있는 마을로, 무척 아름다운 관광지로 소문이 자자한 곳이다. 20km만 걸어도 헥헥거리던 걷기 꼬꼬마가 아주 많이 컸다. 이제 24km 걷는 것쯤이야 무리 없다.

그런데 어쩐지 오늘은 평소와 다른 분위기가 감지됐다. 분명 사리아부터였다. 그동안의 순례길과는 확연히 달랐다. 부쩍 순례길이 관광지화, 상업화가 짙어진 느낌이었다. 일단 알록달록 예쁜 조개껍데기와 각종 순례길 기념품을 상점마다 팔고 있는 것부터가 신기했다. 그만큼 순례길도, 길을 통해 만나는 작은 마을들도 모두 아기자기하게 예쁘고 무엇보다 활기찬 분위기다. 넉넉하게 자연을 공유하며 걸었던 길은 수십 명의 순례자들로 빼곡했고 와자지껄했다. 무겁고 커다란 배낭 대신 기타와 값비싸 보이는 카메라를 목에 메거나, 작은 생수병 하나 들고 맨몸으로 걷는 사람들도 많이 보였다.

이전에 걸었던 호젓하고 여유로운 순례길이 문득 그리워지는 건 나뿐일까. 워낙에는 걷다가 힘이 들면 대충 배낭에 구겨 넣은 비닐 한 장 꺼내어 앉아 신발도 양말도 벗고 발가락 까딱 거리며 쉬던 나였다. 그런데 사리아부터는 어쩐지 나의 이런 행동이 조금 부자연스럽게 느껴졌다. 그동안 지극히 자연스러웠던 행동인데 이곳에서는 무례를 범하는 것 같아 망설여졌다.

가볍게 피크닉 나온 느낌으로 총총 걷는 예쁜 사람들을 보며 내 모습을 갑자기 그들과 비교하기 시작한 것도 사리아부터였다. 꾀죄죄한 몰골로 화장도 못하고 새카맣게 탄 얼굴을 하고서는, 하도 세탁해서 다 늘어나고 색이 바란 옷을 입고 더러운 흙먼지가 쌓인 등산화를 신고 부스스한 머리를 질끈 묶고 걷는 내 모습. 그 전까지는 순례길의 상징처럼 보였던 나의 남루한 몰골이 더는 자랑스럽지 않아졌다. 갑작스럽게 변해버린 이 북적북적한 분위기와 다른 별에서 온 듯한 사람들이 어색했다. 아니, 정확히 말하면 불편했다. 이건 '진짜 순례길'이 아니라고 생각했다.

"나는 지금 당장 이곳에서 순례길을 끝내도 후회하지 않을 것 같아."

저녁 먹을 무렵 남편에게 말했다. 나는 이미 내 순례길의 의미를 찾았고, 이젠 그냥 길이 남아있기에 걷는 것뿐이라고 전했다. 하지만 남편에게도 말 하지 못한 나의 진짜 속마음은, 역시 이 길도 하나의 관광상품이라는 걸 너무 눈앞에서 똑똑히 지켜보게 된 게 마음이 불편하고 속상했던 것 같다.

작은 산을 하나 넘고 돌길을 내려 왔다. 티끌 하나 없이 새파랗고 맑은 하늘 아래에 잔잔한 호수가 펼쳐져 있었다. 호수 위 예쁜 다리를 건너고 만난 오늘의 마을, 포르토마린. 새하얀 돌벽으로 이뤄진 포르토마린이라는 마을은 이름만큼이나 무척 청량하고 아름다운 기운을 뿜내는 곳이었다. 이렇게 예쁜데 사람들이 많이 찾을만하구나. '순례는 순례답게'라는 이기적인 나의 마음은 고이 접어 가슴 속에 묻어버리기로 했다. 아무 의미 없이 내가 함부로 이 길을 걸어도 되는 걸까, 라는 생각에 의기소침해 있을 때 생장의 순례길 사무소에서 '누가 뭐래도 너는 이제 이 길의 순례자'라고 행운을 빌어준 할아버지가 생각났다. 오늘 내가 마음대로 세워둔 또 하나의 틀이 깨졌다. 세상에 '순례다운' 순례는 없다. 누구에게나 각자의 순례가 있을 뿐이다.

Day 43

- **포르토마린**
  Portomarín

- **팔라스 데 레이**
  Palas de Rei

이보다 더 좋을 수 없는

"엉덩이는 좀 어때?"

"어제보다 괜찮아졌어. 오늘 걸어도 될 것 같아. 배낭만 동키 보내야겠다."

"정말 병원 안 가봐도 되겠어? 어제 진짜 심하게 넘어졌는데."

남편은 이 정도는 괜찮다며 문제 없다는 듯 웃어 보였지만 나는 그럼에도 걱정이 되어 하루 동안 남편의 수족이 되기를 자처했다. 어제 마을 도착 직전에 산에서 내려오던 남편이 크게 넘어졌다. 하필 남편이 넘어진 곳은 커다란 바위들을 쌓아 계단처럼 만들어놓은 구간이었는데, 포르토마린 마을이 너무 예쁘다며 신이 난 남편은 폴짝거리며 내려가다가 미끄러지는 바람에 돌 위에 엉덩방아를 아주 크게 찧었다. 뒤에서 그 모습을 모두 지켜본 나는 너무 놀라서 목소리도 나오지 않았다. 함께 걷던 사람들도 차마 남편을 두고 발걸음을 떼지 못하고 주변을 서성일 정도로 심하게 넘어졌다. 꼬리뼈 통증으로 제대로 서지도 걷지도 못하는 남편은 병원 대신 숙소 침대에서 쉬겠다고 했다.

저녁엔 펍에서 유럽 축구경기를 관람할 거라며 걷는 내내 마음이 붕 떠있던 남편은 부상으로 인해 종일 알베르게 침대 위에 누워있어야만 했다. 오늘까지도 통증이 가라앉지 않으면 병원에 가자고 합의를 봤는데, 다행히 많이 나아졌다고 하니 밤새 걱정했던 마음을 조금은 쓸어내릴 수 있었다.

남편의 배낭은 동키 서비스로 다음 숙소로 미리 보내고, 오늘 먹을 식량과 중요한 소지품만 담은 가방을 내가 메고 오늘의 길을 걸었다. 모처럼 나의 어깨가 솟아올랐다. 그동안 동키 서비스를 보낸 날이면 보조 가방을 남편이 메고 체력이 약한 내가 맨몸으로 걸었는데 오늘은 그 반대가 되었다. 나도 이제 누군가에게 도움 받는 사람이 아니라, 도울 수도 있는 사람이 되었다. 뿌듯했다. 물론 다쳐서 속상할 남편에게는 손톱만큼도

티를 내지 않았다. 그러나 남편이 속상할 거라고 생각했던 것마저도 순전히 나의 기우였다.

"내가 너무 여보에 비해 평온하고 무탈하게 순례길을 걸으니까 길이 너도 한 번쯤 시련을 겪어봐야 되지 않겠냐, 너도 맛 좀 봐라! 하고 나를 넘어트렸나 봐."

남편은 호탕하게 웃으며 말했다. 긍정왕 남편. 맞네 맞아, 고개를 끄덕이며 함께 웃었다. 내가 베드버그에 여러 번 물릴 때 남편은 나와 같은 숙소에서 자고 함께 지냈음에도 불구하고 단 한 번도 물린 적이 없었다. 체력도 좋고, 정신력은 더 좋은 남편에게 순례길은 몸이 좀 힘들긴 하지만 늘 견딜만한 곳이었다. 물집 한 번 생긴 적 없고, 배앓이를 하지도 않았고, 언제나 평탄했다. 내가 한껏 예민해지고 고통을 부르짖을 때도 남편은 그런 나를 챙기면서도 내 감정에 휩쓸리지 않고 아름다운 자연에 감탄할 수 있을 만큼 늘 여유가 있었다. 그런 남편을 보며 내심 부럽기도 했는데 이제는 반대의 상황이 되었다. 내가 남편을 보듬어주고 챙겨주어야 한다. 이 상황이 그리 싫지만은 않다. 나는 앞장서서 씩씩하게 걸었다.

Day 44

오리손 산장의 인연

모두 잠이 든 깊은 밤. 오늘따라 잠이 오지 않는다. 알베르게이지만 자리마다 개인 커튼이 있고, 약간의 프라이빗한 공간을 얻은 덕분에 침대 등을 켜고 조용히 발에 크림을 바르며 마사지를 했다. 귀에 이어폰을 꼽고 정인의 노래 '오르막길'을 듣고 있자니, 순례길 초반의 내 모습이 떠올라서 금세 눈물이 차올랐다. 그때는 몸도 마음도 너무 힘들어서 글을 쓰고 음악을 들으면서 스스로를 다잡곤 했었다. 매일매일, 매 걸음마다 길 위에 자연이 흩뿌린 아름다움에 취하면서도 생각에 잠기는 시간들이 많았다. 내가 왜 이 길을 걷는 건지 나의 까미노의 의미를 알고 싶어서 여러 날을 헤매기도 했다. 물론 그렇게 구했던 만큼, 깨닫는 것도 느끼는 것들도 많은 나날들이었다.

그런데 요즘은 정말이지 아무 생각 없이 걷는다. 무념무상, 정말 단순하게 아무 생각이 안 나기 때문이다. 덕분에 일기장에 쓸 말도 없다. 마치 걷기 위해 태어난 사람처럼 오늘 내가 선택한 목적지까지 걷고 또 걷는다. 이상기온으로 갑자기 한여름처럼 30도까지 올라버린 무더운 날씨가 좀 버거울 뿐. 걷는 건 이제 어디를 걸어도, 얼마나 걸어도 아무래도 정말 상관 없다.

오늘 낮에 걷다가 너무 더워서 작은 나무 그늘 아래에 쭈그려 앉아 남편과 사과를 나눠 먹고 있었다. 보통 이럴 때 내 앞을 지나가는 순례자들과 가볍게 "올라! 부엔 까미노!" 하고 인사를 하는데, 갑자기 짧은 인사 후 지나가려던 외국인 노부부 순례자가 깜짝 놀라며 되돌아와서 내게 말을 걸어왔다.

"너 혹시 오리손 산장에 머물지 않았니? 남편을 위해 이 길을 걷는다고 했던 영레이디(young lady) 말이야!"

본인들도 그 자리에 있었다며, 우리가 앉았던 자리와 위치까지도 정확하게 기억해 말씀하셨다. 문득 아프리카에서 딸들을 만나기 위해 유럽에 왔다고 했던 분들이 생각났다. 너무 반가워서 자리에서 벌떡 일어났다. 누구 하나 망설이지 않고 서로를 부둥켜 안고 함박 웃음을 지으며 그간의 안부를 물었다. 발은 어떤지, 걷는 건 괜찮은지, 이제 너에게 이 길은 어떤 의미인지 걱정 어린 눈길로 이것 저것 묻는 분들께 "나 이제 이 길을 아주 많이 사랑하게 되었어요!"라고 답할 수 있어서 기뻤다.

매일매일, 길 위에서 수많은 사람들이 나를 지나쳐 앞서 걸을 때마다 울상인 얼굴로 아주 느릿느릿 걷던 꼴찌를 벗어나지 못하던 내 모습을 알고 있는 누군가에게, 한 번쯤 이렇게 행복한 표정으로 걷고 있는 모습을 보여주고 싶었다. 매번 새로 만나 인사하는 순례자가 아니라 찌질했던 나와 함께 처음 생장부터 걸음을 시작한 이들이 그리웠었다. 다시는 못 볼 줄 알았는데. 간절히 원했지만 기대하지는 않았던 만남이기에 더없이 감격스러운 순간이었다. 우리 부부는 순례길 중간 중간에 사나흘씩 휴식기를 가졌고, 노부부는 잠시 딸들 집에서 함께 머물며 휴가를 즐겼다고 했다. 덕분에 우리는 다시 길 위에서 조우할 수 있었다. 이렇게 완주를 앞두고 만나게 되어 참 반갑고 감사했다. 우리 끝까지 건강하게 걸어 완주하고 또 봐요!

Day 45

● 아르수아
Arzúa

● 오 페드로우소
O Pedrouzo

꼭 크리스마스 이브 같아

아침에 일어나는데 몸이 너무 힘들었다. 몸살이 찾아온 상태에서 누군가에게 온몸을 두들겨 맞았는데 약도 못 챙겨 먹은 느낌이랄까. 급할 것도 없으니 천천히 나가자며, 부지런한 순례자들이 모두 빠져나간 뒤에야 조용히 몸을 일으켰다. 오늘은 조금만 걸을까 아님 하루를 쉴까, 이런 고민은 이제 하지도 않는다. 걸어도 힘들고, 걷지 않아도 힘들다. 어차피 힘들 거라면 차라리 걷고 힘든 게 낫다. 경험해보니 알게 된 것들이다. 그래서 몸은 부서질 것 같지만 오늘도 걷는다. 여전히 남편의 꼬리뼈가 회복이 덜 되어 배낭은 미리 보내고서 천천히 가볍게 걷기로 했다.

"오늘 왜 이렇게 힘이 안 나지?"

"오늘의 커피를 아직 못 마셔서 그래."

오늘만큼 카페인 수혈이 간절한 적도 없었다. 따뜻한 커피한 잔이면 다 괜찮아질 것 같다. 그런데 사리아부터 부쩍 높아진 순례자 밀도에, 하필 또 비까지 오는 바람에 카페에서 빈자리 찾기가 쉽지 않았다. 겨우 카페 구석의 자리를 찾아 커피 한잔을 하고 다시 힘을 내어 걸었다. 빗물을 흠뻑 머금은 숲속의길은 촉촉하고 상쾌했다. 숨을 한번 크고 깊게 들이마실 때마다 온몸 구석구석 싱그러운 기운이 채워졌다. 물안개 피어오른숲길은 한껏 몽환적인 분위기를 뿜냈고, 평소보다 게으르게 출발한 덕에 길은 비교적 한적했다.

"좋다."

정말 좋을 땐 단순한 단어밖에 떠오르지 않는다. 좋다는 말만 연신 내뱉으며 이 아름다운 순간에 감탄했다. 예쁜 길을 힘들어하지 않고 걸었다. 20km쯤이야 5시간이면 도착하지, 가볍게 생각하며 걷는다. 이것만으로도 충분히 나는 45일 전의 나보다 성장한 것 같다.

길 위에서 또 석진 오빠를 마주쳤다. 석진 오빠 곁에는 우현 오빠도 있었다. 외국에서 생활하고 있는 여자친구를 만나러 장기간 외국에 나온 김에 순례길을 걷고 있다는 우현 오빠는 무심하게 툭툭 내뱉는 말들이 웃겨서 주변 사람들을 배꼽 잡고 웃게 만들어버리는 유쾌한 사람이다.

"처음엔 아무 생각 없이 생장 가는 기차표를 샀어요. 생장이라고 해서 내렸는데, 순례자로 보이는 사람은 아무도 없고 웬 바닷가가 있는 거예요. 그제서야 잘못된 걸 깨달았죠. 표 산지 6시간 만에."

우현 오빠가 말해주는 순례길 경험담은 누구보다 짠 내 나면서도 유쾌했다. 장난과 농담 속에 슬그머니 진심을 꺼내든 우현 오빠의 카드 아래 모두가 각자 숨겨둔 짠 내 나는 순간을 꺼내 들었다.

"메세타 지역에 들어섰는데. 문득 내 모습이 너무 초라한 거야. 헤어진 여자친구 생각하면서 혼자 통곡을 하며 걸었어요.

그 긴 길을."

"저는 오르막길을 앞두고 그렇게 눈물이 나더라고요. 마냥 슬퍼서 운 건 아니고, 이렇게까지 날것의 내 모습을 대면해본 적이 살면서 한 번도 없었으니까. 걷다 보니 꽁꽁 숨겨둔 감정들이 막 수면 위로 올라왔던 것 같아요."

서로가 어떤 마음으로 이 길을 걸어왔는지 우리는 다 알지 못한다. 다만 우리는 그게 어떤 것이든, 어떤 말이든 모두 이해할 수 있었다. 다들 그렇게 짠 내 나고 지지부진한 과정을 거쳐 조금은 단단해진 모습으로 걷고 있었으니까.

꽉 찬 식당들을 여러 군데 거치고 나서야 우리 네 사람이 식사할 수 있는 곳을 찾아 야외 테라스에 자리를 잡았다. 여러 날, 많은 시간을 우연처럼 인연처럼 마주친 우리 사이에는 어느덧 걸리는 것이 없었다. 그리고 내일이면 완주한다는 생각에 조금은 들떠있었던 것 같다. 아주 작은 것에도 웃음 폭탄이 터졌다. 나의 몸과 마음은, 45일 만에 완전히 무장해제되었다.

내일은 이 순례길의 마지막 날. 산티아고 데 콤포스텔라 성당에 도착하는 날이다. 완주 전날 밤인 만큼 특별한 기분으로 우리 부부만의 시간을 보내고 싶어서 부러 알베르게가 아닌 호스텔의 더블 룸을 예약해두었다. 침낭이 아닌 포근한 이불과 베개가 깔린 침대에서 대자로 뻗어 편히 잘 생각을 하니 설렌다.

"혜림 씨, 정민 씨. 이 지역에 돌판 위에서 구워 먹는 진짜 맛있는 스테이크 집이 있대요. 오늘 저녁에 또 뭉칠까요?"

거절할 이유가 하나도 없다. 길 위의 '인싸'였던 석진 오빠는 알베르게에서 만난 한국인 여러 명을 더 데려왔고. 처음 만나는 6명의 한국인이 순례길 위 작은 마을 스테이크집에 모였다. 너무 웃느라 광대가 아플 지경이었다. 어디서 오셨어요, 카미노는 왜 걷나요, 몇 살이에요, 이제 어디로 갈 거예요, 하는 질문들은 이제 아무짝에도 쓸모가 없고 필요도 없었다. 우리의 할 일은 오직 우리에게 주어진 오늘 단 하루, 완주 전날의 특별한 이 순간을 함께 축하하고 기뻐하는 것. 그동안 잘했어, 잘 걸어왔어, 서로가 서로를 격려해주는 것. 이토록 편안하고 즐거운 만남이라니! 좋은 숙소에, 맛있는 음식에, 좋아하는 사람들까지. 마치 꼭 크리스마스를 앞둔 듯한 들뜬 기분이었다. 다신 없을 산티아고 순례길 완주일 이브였다.

Day 46

- 오 페드로우소
  O Pedrouzo

- 산티아고 데 콤포스텔라
  Santiago de Compostela

완주

순례길의 마지막 날. 내게는 절대 오지 않을 것만 같았던, 멀고 멀었던 마지막 날이 드디어 왔다. 오늘만큼은 다른 순례자와 마주치지 않고 오롯이 우리 둘만의 길을 걷고 싶어서 일부러 숙소에서 기다렸다가 아주 천천히 나왔다. 오전 9시. 산티아고 대성당까지 남은 거리는 20km.

"여보, 사진 찍자. 이게 우리 순례길의 마지막 사진이야."

매일 출발하기 전 우리 둘만의 의식처럼 찍던 셀카도 오늘로서 마지막이구나. 마지막이라는 말이 내 마음에 이리 콕 박히게 될 줄은 몰랐다. 아쉽다. 아쉽지만 홀가분하고, 홀가분하지만 슬프기도 한 아리송한 감정이었다. 며칠 전부터 지속된 좋으면서도 싫은 양가 감정. 마지막 사진 속 우리 두 사람의 모습은 무척 씩씩했고 무엇보다 말끔했다. 대성당에 가는 날이라고 경건한 마음으로 순례길에 오른 뒤 처음으로 나는 화장을 했고, 남편은 깔끔하게 수염을 밀었기 때문이다.

마지막이라는 수식어가 붙은 것들은 늘 아름답기 마련이다. 오늘의 길은 어느 길보다 아름다웠다. 이른 새벽부터 비가 계속 잔잔하게 내렸는데, 이슬을 흠뻑 머금은 숲의 촉촉한 공기가 참 좋았다. 이 순간을 잊고 싶지 않아서 나는 더 깊숙하게, 더 천천히, 아주 길고 긴 호흡을 내쉬며 걸었다. 그러나 마지막이라고 해서 갑자기 어려운 게 수월해지는 건 아닌가 보다. '여기가 어디야, 도대체 얼마나 더 걸어야 하는 거야'라는 생각을 오전에만 해도 수십 번을 하며 걸었다.

늘 그렇듯 도저히 너무 힘들어 못 걸을 것만 같은 순간이 오면 신기하게도 선물처럼 저 멀리 순례길의 천국인 카페가 보이기 시작한다. 기쁨의 탄성을 지르며 카페 안으로 뛰어 들어갔다. 나는 커피, 남편은 맥주. 각자 좋아하는 음료 한 잔씩 테이블 위에 올려 두고서 평소라면 시시콜콜하게 수다를 떨어야 하는 순간. 우리 두 사람은 한동안 아무 말이 없었다. 내가 가장 좋아하던 이 시간도 오늘이 마지막이구나.

"자, 여기 폴대 잡아. 내가 끌어줄게."

오르막길 앞에 서서 남편은 뒤를 돌아 나를 바라보며 그의 폴대를 내밀었다. 유난히 오르막길 앞에서 힘들어하던 나를 위한 마지막 특급 서비스인 셈이다. 남편이 내민 폴대를 잡고 오르막길을 수월하게 올랐다. 마지막이 다 되어서야 그동안 보이지 않는 곳에서 늘 나를 끌어주고 밀어주던 남편이 보이기 시작했다. 돌이켜보니 나는 이 사람이 없었다면 여기까지 오지 못했을 것 같다. 내가 남편을 위해서 걸었던 게 아니라 실은 남편 덕분에 내가 이만큼 왔다.

"올라. 부엔 까미노!"

맞은 편에서 해맑은 인사와 함께 순례자가 다가왔다. 모두가 같은 방향을 향해 걸을 때, 반대 방향으로 걷는 순례자가 있다면 그 사람은 물건을 잃어버린 사람일 것이었다. 혹 도움이 될까 싶어 물었다.

"혹시 물건을 잃어버렸어?"

"그건 아니고, 성당에서부터 생장을 향해 걷고 있어."

아, 그렇지. 이렇게 걸어도 되는구나. 나도 모르게 탄식이 흘렀다. 오늘이 순례길 마지막 날인 나는, 오늘이 순례길의 첫날인 그에게 묻고 싶은 말도, 해주고 싶은 말도 너무너무 많았지만 아무 말도 하지 않기로 했다. 내가 무슨 말을 한들 그에게는 그만의 순례길이 기다리고 있을 것이다. 무조건 생장에서 산티아고 방향으로 걸어야만 순례길인 것은 아니다. 반대로 걸어도 큰 일은 일어나지 않는다. 나는 당연한 이 사실을 마지막 날이 돼서야 알게 됐다.

우리네 인생도 그럴 것이다. 모두가 한 방향으로 걷는다 하더라도 그것만이 인생의 정답이라고 말할 수 없다. 어쩌면 조금 더 마음 가는 대로, 내키는 대로 살아도 되지 않을까. 미국에서 왔다는 반대로 걷던 순례자와의 짧은 대화는 내게 오랫동안 깊은 여운을 남겨주었다.

이윽고 도시에 들어서서 산티아고 대성당이라는 노란 표지판을 본 순간, 심장이 쿵쾅쿵쾅 뛰기 시작했다. 대성당을 향해 800km를 하루 단위로 쪼개고 나누어 46일간 걸어온 길이었다. 이제 마지막 지점인 성당을 마주할 시간. 어떤 감정으로 바라봐야 할까, 도착하면 어떤 기분일까, 무슨 생각이 들까. 마침내 다 왔다고 행복해할까, 너무 아쉬워서 눈물이 날까? 가까워질수록 복잡해지는 머릿속을 정리하지 못한 채 멈추지 않고 걸었다. 돌기둥을 돌아 천천히 계단을 내려갔고, 어디선가 음악 소리가 들리면서 북적하고 소란스러운 대광장이 눈 앞에 펼쳐졌다. 대광장 앞에는 아주 웅장한 산티아고 대성당이 자리하고 있었다.

"아, 도착했다!"

나는 참았던 눈물을 터트리고 말았다. 참고 있는 줄도 모르고 있던 감정이었다. 초반에 정말 너무 힘들어서 포기하고 싶었지만 힘들다는 이유로 도망치듯 그만두고 싶진 않아서 멈추지 않았던 나날들, 저녁마다 혼자 밖에 나와 작은 불빛 아래서 일기 쓰며 숨죽여 울었던 순간들. 그런 모든 시간들이 필름처럼 머릿속을 빠르게 스쳐 지나갔다. 막상 성당에 도착하면 무덤덤할 것 같지 않냐며 남편과 농담하던 게 민망할 정도로 나의 눈물은 멈출 줄 모르고 흘렀다. 남편 곁에서 멀리 떨어져 혼자 성당을 바라보며 폭포처럼 쏟아지는 감정을 애써 삼켰다. 사진을 찍어 달라고 다가오던 사람들도 이내 내 표정을 살피고는 조용히 지나쳐갔다. 한동안 그렇게 마음을 추스르는 시간을 가졌다.

이 길은 자꾸만 나를 울컥하게 한다는 말에 누군가 "왜 울어요?"라고 물은 적이 있었다. 글쎄, 왜 우는 걸까. 나는 그 질문과 어울리는 적절한 답을 여전히 찾지 못했다. 슬픈 것도 아니고, 기쁜 것도 아니었다. 그냥 눈물이 터지고, 나는 눈물이 멈출 때까지 낮게 엎드리는 수밖에 없었다.

길 위에서도 참 많이 울었고, 철의 십자가를 눈앞에 두고 올라가보지도 못하고 울며 돌아섰고, 마지막까지도 성당 앞에서 울고 있다. 어느 날은 정말 마음 놓고 펑펑 울고 싶어서 중간에 피정의 집에 들어갈까 진지하게 고민하기도 했다. 돌이켜보면 아마 내게 쌓여있던 마음의 짐이 참 많았던 것 같다. 나는 나를 잘 모르고 살았다. 그게 이곳에서 나를 울게 했다.

묵혀둔 고민, 감추고 살았던 아픈 기억, 바빠서 까맣게 잊고 있던 혹은 잊은 척 살고 싶었던 것들. 길을 걷는 일 외에 아무것도 하지 않아도 되는 이곳에서 그 모든 것들이 차례차례 수면 위로 떠올랐다. 길을 걸으며 고통의 시간을 견디고 나면 그날

밤 일기를 적으면서 하나 둘 정리해나갔다. 치유의 시간이었다.

어느 날은 부모님께 죄송하고, 어느 날은 내 몸에게 미안했다. 어느 날은 내 남편을, 친구들을 떠올리고 어느 날은 지난 날 내게 상처를 준 이들과 내게 상처를 받았을 이들을 떠올리며 용서를 구하고, 또 용서를 했다. 고통은 나를 성장하게 하고 한 단계 넘어설 수 있는 힘을 주었다.

그렇게 한 단계를 넘고 나니 비로소 나의 길이 보이고, 나만의 까미노를 진심으로 즐기고 있는 나를 보았다. 그때부터 나는 진짜 웃을 수 있는 사람이 되었다. 일기장에 쓰는 글들은 절반 이상 줄고 대신 길 위에서 만나는 사람들과 대화를 나누고 맛있는 음식을 먹으며 시간을 보냈다. 우리는 시답잖은 이야기들과 시시콜콜한 잡담을 나눴고, 영양가 없어 보이지만 사실은 영감으로 충만한 생각들을 나누는 시간을 매일같이 가졌다. 사람들과 함께 켜켜이 쌓아온 시간은 나의 몸과 마음을 모두 무장해제시켰다.

몸의 길, 마음의 길, 영혼의 길로 이루어져있다는 이 산티아고 순례길을 그렇게 46일간 몸과 마음으로 깊숙이 느끼며 걸어왔다. 정확하게는 779km의 길을 남들보다 느리지만 뚜벅뚜벅 뚝심 있게 남편과 손잡고 결국은 다 걸었다. 매일 하룻밤씩

머물렀던 알베르게의 스탬프가 빼곡하게 찍힌 순례자 여권과
눈물 없이는 볼 수 없는 나의 일기장, 그리고 여전히 진한 흉터
로 남아있는 베드버그 물린 자국들은 그 증명이 되었다.

순례길이 준 마지막 선물

어쩌다 보니 길의 후반부에 마음을 나눈 사람들이 모두 이곳에 와 있다. 이것도 기념할만한 일이다 싶어 완주 날짜와 시간은 모두 제각각이지만 부러 시간을 맞춰 약속 장소를 정하고 마지막 만찬을 함께하기로 했다. 며칠 전 이미 완주하고 산티아고에서 휴식을 취하고 있던 희정 언니덕분에 예약이 필수인 한식당에서 저녁을 먹을 수 있었다.

사실 오늘은 남편의 생일이다. 생일날 순례길을 완주하면 의미가 있을 것 같아서 후반에 열심히 날짜를 맞추며 걸어왔지만, 함께 걷는 이들에게 괜히 부담이 될 것 같아 일부러 말하지 않았다. 그런데 식당에 모였을 때 나의 말실수로 인해 모두 오늘이 남편 생일이라는 사실을 알게 됐다. 한식당 사장님이 지나가며 무심하게 물어보셨다.

"몇 번째 생일이에요?"

"32번째예요."

밥을 다 먹고 나니, 주방에서 아무도 모르게 아이스크림 케이크가 우리 테이블로 서빙되어 왔다. '32'라는 숫자 초가 꽂혀 있는 케이크는 남편 앞에 놓였다. 사장님의 깜짝 선물이었다. 생일을 알리면 부담을 줄 거라 생각했던 건 우리의 기우에 불과했다. 모두들 진심으로 남편의 생일을 축하해주었다. 그 마음이 감사해서 나도 덩달아 뭉클해졌다. 축하할 일은 많을수록 좋다. 자연스레 우리의 저녁 식사는 남편의 생일과 모두의 완주를 축하하는 뜻깊은 자리가 되었다.

모두 내일 걸어야 한다는 걱정 없이 편안한 표정과 들뜬 마음으로 행복한 시간을 보냈다. 내일이면 이곳에서의 여정을 매듭짓고 모두 각자의 현실로 돌아가겠지. 이 시간 이후로 다신 못 볼지도 모르지만, 그런 것일랑 다 괜찮다는 생각이 들었다. 끈끈한 동지애로 함께 웃고, 함께 울었던 이 시간을 평생 잊을 수 없도록 나는 오늘을 마음 속 보석함 저 깊숙한 곳에 감춰둘 거다. 그러다 문득 삶이 힘들다 느껴질 때, 아껴 둔 곶감 빼 먹듯 야금야금 꺼내어 먹을 생각이다.

순례길의 선물은 케이크와 행복한 저녁 식사가 전부가 아니었다. 어쩌다 보니 알베르게 도미토리가 오버부킹되어 같은 가격에 호사스런 더블 룸으로 업그레이드되는 행운까지 누렸다. 남편 생일이라고, 마지막까지 우리에게 줄 수 있는 모든 걸 내어주는 순례길. 때로는 마음을 주는 것 만큼이나, 기꺼이 받을 수 있는 마음가짐도 중요한 것 같다. 모든 것을 수용하는 자세로 임하자, 길 위의 모든 행운이 다 찾아오는 듯한 느낌이 든다. "내가 이런 복을 누릴 자격이 되나 모르겠어"라고 말하는 남편에게 나는 "너는 충분해. 누릴 자격이 있어"라고 답해주던 밤이었다.

다음 날 아침, 부지런히 걸어 순례길 완주 증명서를 발급 받으러 갔다. 기나긴 줄 위에서 만난 사람들은 눈을 마주칠 때마다 서로에게 축하 인사를 건넸다. 이름도 모르는 누군가가 나를 살포시 끌어안고 "축하해! 너는 이걸 해냈어!"라고 하는 순간, 나는 또다시 코끝이 찡해졌다. 비도 많이 오고 바람이 세차게 불어 꽤나 추운 아침이었다. 그러나 모든 순례자의 얼굴에는 어여쁜 웃음꽃이 눈부시게 피어있었다. 혼자 밖에 다녀온 남편은 함께 걸어줘서 고맙다며 내게 꽃 한 송이를 선물했다.

순례길 완주 증명서를 받고 나니 이제 정말 끝이구나 싶었다. 아쉬울 줄 알았는데 비로소 홀가분해졌다. 남편의 카메라 앞에 서서 증명서와 꽃을 양손에 들고 활짝 웃어 보였다. 내가 도망치지 않고 끝까지 해낸 것은 네가 처음이야, 산티아고. 내 인생 가장 자랑스러운 순간이, 비바람 치는 그곳에 있었다.

#3 한국에서 온 두 어머님

한동안 상점 하나 나오지 않는 흙길을 걷다가 화장실 그림이 그려진 카페 광고판을 얼핏 봤다. 광고판이 순례길에서 벗어나는 길목을 가리키고 있었지만, 그리 멀지 않은 것 같았다. 남편에게 화장실을 가고 싶으니, 저 카페에 들러서 커피도 마시고 볼일도 보자고 했다. 남편은 지도를 쓱 보더니 그 카페는 순례길에서 너무 멀리 위치해 있다고, 차라리 카페 있는 마을이 나올 때까지 조금만 더 걷자고 했다. 남편의 말에 수긍하며 걷고 있는데 뒤에서 한국어로 화장실을 찾는 목소리가 들렸다. 그게 한국 어머님 두 분과의 첫 만남이었다. 생각할 새도 없이 나는 처음 본 아주머니 두 분을 향해 소리쳤다.

"어머님~! 거기 왼쪽 길로 빠지시면 안 돼요! 그 카페, 여기서 되게 멀대요!"

순례길에서는 가끔 순례 루트와 꽤 떨어져있는 자신의 사업장이나 숙소를 이용하게 하려고 교묘한 광고판을 설치해두기도 한다. 내가 속을 뻔하고, 또 어머님 두 분이 속을 뻔했던 카페 광고판처럼 말이다. 어머님은 역시 이런 건 젊은 사람들이 잘 안다며 연신 고맙다고 하셨다. "아니에요. 저도 속을 뻔했어요." 씨익 웃고 다시 내 길을 걸었다.

다음 날 아침 식사를 하려고 들른 카페에서 두 어머님을 우연히 또 마주쳤다. 전날 오후의 짧은 만남 뿐이었지만 서로를 기억해 반갑게 인사를 나눴다. 어머님은 가방 속 비닐봉지에서 예쁜 사과를 꺼내 건네주셨다. 어제 길 가르쳐줘서 너무 고마워서 나눠주는 거라 하셨다. 나는 차마 그 사과를 받지 못했다. 모두가 최소한의 짐만 지고 걷는 이 길 위에서 저 사과는 분명 출출할 때를 대비한 간식이자 한 끼 식사일지도 모르니까. "마음만 받을게요." 그렇게 우리는 또 헤어졌다.

한번 서로를 인지하고 나니, 그 뒤로 길 위에서 곧잘 마주치기 시작했다. 짧게 안부를 묻고 지나기도 하고, 가끔은 함께 속도를 맞춰 걸으며 다양한 이야기를 나누기도 했다. 절친과 함께 걷는 중년의 산티아고 순례길. 나와는 다른 면이 많은 어머님들만의 길 이야기를 듣는 게 늘 좋았다. 어머님의 딸 내외도 몇 년 전 세계여행을 했고, 그때 걸었던 순례길이 너무 좋아서 딸이 엄마에게 적극 추천을 했었다고 한다. 그래서 한 차례 혼자 와본 적도 있으시다고. 그렇게 걸었던 길이 너무 좋아서 이번에는 절친을 데리고 두 번째 순례길을 걷는 거라고.

"순례길 걷는다고 하면 친구들이 영어도 못 하는데 어떻게 다니냐고 묻는데, 막상 와보니 신기하게도 매번 꼭 도움이 필요할 때마다 어디선가 까미노 천사가 나타나더라고. 그래서 이렇게 매일 무사히 길도 걷고, 영어 잘 못해도 밥도 사 먹고, 스페인 기차도 예매해줘서 타고 다니고. 그렇다니까요? 순례길은 참 신기해요. 젊은이들이 어쩜 그렇게 착해. 다들 천사야 천사."

어머님은 늘 우리 부부도 '까미노 위의 천사'라고 하셨다. 사실 딱히 크게 도움을 드린 것도 없었는데, 소소한 도움만으로도 무척 크게 기뻐하시고 고마워하셨다. 그 모습을 보니 나는 어머님을 마주칠 때마다 괜스레 더 도와드릴 건 없는지 찾게 되곤 했다. 어머님들을 위한 진짜 까미노 위의 천사가 되고 싶었던 것 같다.

하루는 길가에 체리 나무가 줄지어 있는 마을을 지나고 있었는데, 잘 익은 체리 한 두개씩 따 먹으며 걷는 다른 순례자들과 다르게 어머님 두 분은 내내 걷기만 하셨다. 나중에 여쭤보니 이렇게 말씀하셨다.

"어머, 그거 따 먹어도 되는거예요? 한국에서 온 아줌마 두 명이 무식하게 체리 따 먹다가, 혹시 다른 사람들이 한국인 전체를 욕할까 봐 못 따겠더라고요."

그런 분들이셨다. 걷는 속도가 달라서 매번 길 위에서 길지 않은 시간만 공유하다가 우연히 함께 저녁 식사를 할 기회가 생겼다. 갈리시아 지방에 들어서 높이 1400m의 산맥을 넘어야 하는 쉽지 않은 코스였는데, 주로 많은 사람들이 머무는 산 정상인 오 세브레이로에 남은 알베르게 자리가 없어서 바로 그 전 마을에 미리 예약을 걸고 길을 걸었던 날이었다. 체크인을 하고 바에 앉아 맥주 마시며 쉬고 있는데 오르막길을 막 올라오고 있는 어머님 두 분을 보았다. 분명 이곳에서부터 약 3km 더 걸어 올라야 하는 오 세브레이로까지 가서 하룻밤 머무시려는 것 같았는데, 이미 그 마을의 모든 알베르게에 자리가 없다는 걸 알고 있는 나는 그냥 모른 척 할 수가 없었다. 아주머니 두 분께 달려가서 자초지종을 설명하고, 우리가 머물 알베르게에 자리가 남았는지 확인 후 재빨리 체크인 예약을 걸어뒀다. 덕분에 자리가 없어 발을 동동 구르지 않고 편하게 깨끗한 숙소에서 머물게 됐다며 어머님들은 또다시 연신 고마워하셨다. 이번엔 진짜 까미노 천사가 된 것 같아 더 기뻤다. 고맙다고 밥을 사주겠다고 하셔서 저녁에 우리 넷이 다시 모였다.

즐거운 저녁 식사 시간이었다. 어른들과의 식사자리를 불편해하는 성격인데, 이상하게 이 어머님 두 분 앞에서는 자꾸만 솔직해지곤 했다. 술 한 방울 마시지 않고도 나는 어머님들 앞에서 내게 순례길이 얼마나 힘든 길이었는지, 어떤 의미였는지 술술 털어놓고 있었다. 두 분은 그런 나를 지그시 바라보시다가, 불쑥 이런 말씀을 하셨다.

"혹시라도 이 길을 걸으며 자꾸만 떠오르는 이야기가 있다면, 그건 마음이 하는 소리예요. 머리가 계산하기 전에 마음이 먼저 해주는 이야기. 그러니 혹시라도 그런 이야기가 들리거든, 꼭 귀담아들어요. 살면서 마음이 하는 소리를 들을 수 있는 기회가 생각보다 많지 않거든요."

어머님의 그 말씀은 내 가슴 속에 작은 불씨가 되어 오래도록 남았다. 저녁 식사를 하던 날은 완주까지 일주일 남짓 남겨놓은 시점이었는데, 매일 강렬하게 드는 생각이 있었다. 순례길 위에서 얻은 영감과 이야기, 나의 경험을 누군가와 나누고 싶다. 책으로 엮어보고 싶다, 하는 생각. 그래서 용기를 내어보자 생각하다가도 한편으로는 이런 생각이 들기도 했다. 에이, 책 한 번 써본 적 없는 내가 그걸 어떻게 해. 이런 일기장 같은 이야기를 누가 읽겠어.

순례길을 완주하고 나서도 어머님이 심어준 작은 불씨는 꺼지지 않았고, 나는 결국 이 이야기를 엮어 책으로 출간하게 됐다. 길 위에서 만난 길의 힘을 믿는 순례자가 말하기를, 난처한 순간이 오면 언제나 까미노 천사가 나타난다고 했다. 직접 겪어보지 않으면 모른다는 까미노 매직, 지금 돌이켜보면 그때의 까미노 천사는 내가 아니라 어머님이셨던 것 같다.

Epilogue

다시 여행자로 돌아가자

내가 처음으로 남편에게 세계여행을 떠나자고 말을 꺼냈을 때, 남편은 여행의 시작으로 산티아고 순례길을 걷자고 말했다. 나는 싫다고 했다. 몇 백 킬로미터를 도대체 왜 걷는건지 이해할 수 없었다. 하지만 언제나 그렇듯 인생은 내 마음대로 흘러가지 않는다. 나는 결국 이 길을 걷게 되었고, 수없이 스스로의 한계에 부딪히며 무너지고 좌절했다. 아직도 내가 800km를 다 걸었다는 게 믿겨지지 않는다. 그만큼 내가 아는 나는 참 나약한 사람이었다. 매일 작은 것에도 흔들리는 아주 작고 약한 사람.

그렇지만 나는 해냈다. 해내지 못할 줄 알았는데 해냈다. 포기하고 싶었지만 포기하지 않았다. 그 과정에서 내가 배운 건 때로는 힘들어도 도망치지 말고 직면해야 한다는 것, 똑바로 마주한다는 것이 생각보다 어렵지 않을 수도 있다는 것이었다. 비록 어려울지라도 일단 겪고 나면 더 강해진다는 것이었다.

순례길 완주 후 산티아고에서 2박의 짧은 휴식을 끝으로 우리 부부는 포르투갈 리스본으로 떠났다. 그리고 다시 여행자로 돌아가 포르투갈을 시작으로 유럽, 동남아, 하와이, 뉴질랜드, 미국 등을 돌면서 세계여행을 했다. 예기치 못한 코로나 바이러스의 등장으로 예상보다 빨리 귀국했지만, 순례길 위에서 계획했던 것처럼 세계여행의 마지막은 제주도 올레길을 걷는 것으로 마무리 지었다.

꽤 오랜 시간이 지난 지금, 세계여행 다니면서 어디가 가장 좋았냐는 사람들의 숱한 질문에 비로소 뜸 들이지 않고 대답할 수 있게 되었다. 제일 좋았던 곳은 산티아고 순례길이다.

순례길을 걸으면서 챙겨간 노트 한 권을 내 이야기로 가득 채웠다. 46일간 다 쓰고 버린 펜은 3개. 이 길을 영원히 잊고 싶지 않아서 코로나 바이러스로 방구석에 앉아 있던 뜨거운 여름날, 순례길에서 눈물 콧물 질질 짜며 기록했던 일기장을 펼쳐 하나의 원고로 다듬어나가기 시작했다. 모두 다 지난 일이지만, 여전히 일기를 읽을 때마다 눈시울이 붉어진다. 그때의 나는 매 순간을 온 힘을 다해 당당하게 마주하며 살았다. 오로지 나 자신으로만 존재할 수 있었던 시간이었다.

이 이야기를, 나의 경험을 이제는 누군가와 나누고 싶다. '나는 못해, 나는 그런 거 싫어해. 나는 이런 사람이란 말이야'라고 스스로 한계를 만들고 그 안에서 살고 있는 과거의 나와 같은 사람들과 나누고 싶다. 어쩌면 그 틀을 네가 스스로 깨고 나올 수 있을지도 모른다고, 너에게 한계란 것은 없을지도 모른다고. 나의 글로 조금이나마 용기를 줄 수 있다면 좋겠다. 그런 마음으로 시작했던 원고 작업이었다.

순례길은 여전히 내 삶에서 아주 큰 지분을 차지한다. 이따금 내 일상의 중심을 뒤흔드는 일이 일어날 때마다, 익숙한 습관대로 서둘러 도망치고 싶을 때마다 나는 순례길 위에 우뚝 서 있는 내 모습을 떠올린다. 다시는 도망치지 않겠다 말하던 과거의 내게 부끄러워져서 두 주먹 불끈 쥐고 오늘도 힘을 내어 살아간다.

돌이켜보니 나는 내가 생각했던 것보다 훨씬 더 강한 사람이었다. 그리고 길 위에서 나와 함께 걸어준 사람들과 사랑하는 남편 덕분에 매일 더 강한 사람이 될 수 있었다. 그 힘으로 끝까지 걸을 수 있었고, 혼자가 아니었기에 결국은 무사히 완주할 수 있었다. 이 자리를 빌어 나의 영원한 순례길 친구들과 그곳까지 나를 이끌어준 사랑하는 나의 남편, 정민이에게 고맙다는 인사를 전하고 싶다.

이른 새벽을 다채로운 빛으로 물들이던 경이로운 하늘도, 우연히 마주친 반가운 순례자와 어울려 놀던 시간도, 카페에서 마시던 커피 한 모금의 여유도 모두 그립지만 지금 가장 그리운 것은 숨이 턱턱 막히는 더위 속에서 끝이 보이지 않는 길 위를 구슬땀 흘리며 뚜벅뚜벅 걸어가던 나다.

내 인생에서 더 이상의 고생하는 여행은 없을 거라 생각했는데, 요즘은 다시 안전한 여행이 가능해지면 어떤 길을 걸어볼까 고민하는 나를 자주 본다. 기회가 된다면 두 번째 순례길을 걸어보는 것도 참 좋겠다.

매우 진부한 문장으로 이 글을 마치겠다. 나의 첫 번째 순례길은, 가장 힘들었지만 가장 행복했던 길이다.

2022년 6월

이혜림

걷는 것을 멈추지만 않는다면

초판 1쇄 발행 2022년 6월 1일

지은이 이혜림
펴낸이 박성인

책임편집 이다현
편집 강하나
마케팅 김멜리띠나
경영관리 김일환
디자인 213ho

펴낸곳 허들링북스
출판등록 2020년 3월 27일 제2020-000036호
주소 서울시 강서구 공항대로 219, 3층 309-1호(마곡동, 센테니아)
전화 02-2668-9692 **| 팩스** 02-2668-9693
이메일 contents@huddlingbooks.com

ISBN 979-11-91505-12-2(03810)